ALEXANDER MEINING

Würzburger Dynamit

PRINZREGENT IN GEFAHR Georg Hiebler, Assessor im Königlich Bayerischen Innenministerium wird Zeuge der Münchner Elefantenkatastrophe des Jahres 1888. Während eines Festakts unter Anwesenheit des Prinzregenten explodiert eine Bombe. Die Tiere laufen Amok. Rasch wird ein Attentatsversuch auf Bayerns Regenten vermutet. Die Spur führt nach Würzburg. Auf Geheiß des Innenministers, Freiherr von Feilitzsch, übernimmt Hiebler gemeinsam mit Iannis Krieger aus dem Ministerium und Friedhelm Deschel, dem Chef der Würzburger Polizei, die Ermittlungen.

Durch eine Fotografie kommen sie einer Anarchistenzelle auf die Spur. Und: Hiebler kennt die mutmaßlichen Täter. Der Fall erscheint rasch gelöst, doch dann besucht der Prinzregent die Residenzstadt am Main, und der eigentliche Attentäter erwartet ihn mit einer Tasche voller Dynamit.

© ELKE KUNKEL
Fotografie Würzburg

Geboren und aufgewachsen ist Alexander Meining in München. Dort begann er Geschichte zu studieren, bevor er zur Medizin wechselte. Mittlerweile lebt und arbeitet er in Würzburg. »Würzburger Dynamit« ist die Fortsetzung von »Mord im Ringpark«, der 2022 beim Gmeiner Verlag erschienene erste Teil der Georg-Hiebler-Reihe. Erneut ist vor allem das schöne Würzburg des ausgehenden 19. Jahrhundert die Kulisse. Reale Personen und historische Ereignisse bieten hierbei den Rahmen für fiktive Geschichten, bei denen der Schauplatz, die Epoche, die Charaktere und die Spannung im Vordergrund stehen.

ALEXANDER MEINING

Würzburger Dynamit

Historischer Kriminalroman

Immer informiert

Spannung pur – mit unserem Newsletter informieren wir Sie
regelmäßig über Wissenswertes aus unserer Bücherwelt.

Gefällt mir!

Facebook: @Gmeiner.Verlag
Instagram: @gmeinerverlag
Twitter: @GmeinerVerlag

Besuchen Sie uns im Internet:
www.gmeiner-verlag.de

© 2023 – Gmeiner-Verlag GmbH
Im Ehnried 5, 88605 Meßkirch
Telefon 0 75 75 / 20 95 - 0
info@gmeiner-verlag.de
Alle Rechte vorbehalten
1. Auflage 2023

Lektorat: Claudia Senghaas, Kirchardt
Herstellung: Mirjam Hecht
Umschlaggestaltung: U.O.R.G. Lutz Eberle, Stuttgart
unter Verwendung eines Bildes von: © https://commons.wikimedia.org/
wiki/File:Old_Rhine_Bridge_(i.e._Old_Main_Bridge)_and_town,_Wurz-
burg,_Bavaria,_Germany-LCCN2002696197.jpg
Druck: CPI books GmbH, Leck
Printed in Germany
ISBN 978-3-8392-0520-4

Personenregister historischer Personen

Maximilian Freiherr von Feilitzsch (Staatsminister des Innern, Königreich Bayern)

Luitpold von Bayern (Prinzregent, Königreich Bayern)

Prinz Ludwig von Bayern (Thronfolger, Königreich Bayern)

Marie-Therese von Bayern (Prinz Ludwigs Gemahlin)

Carl Hagenbeck (Zirkusdirektor, Hamburg)

Stadtplan von Würzburg 1888

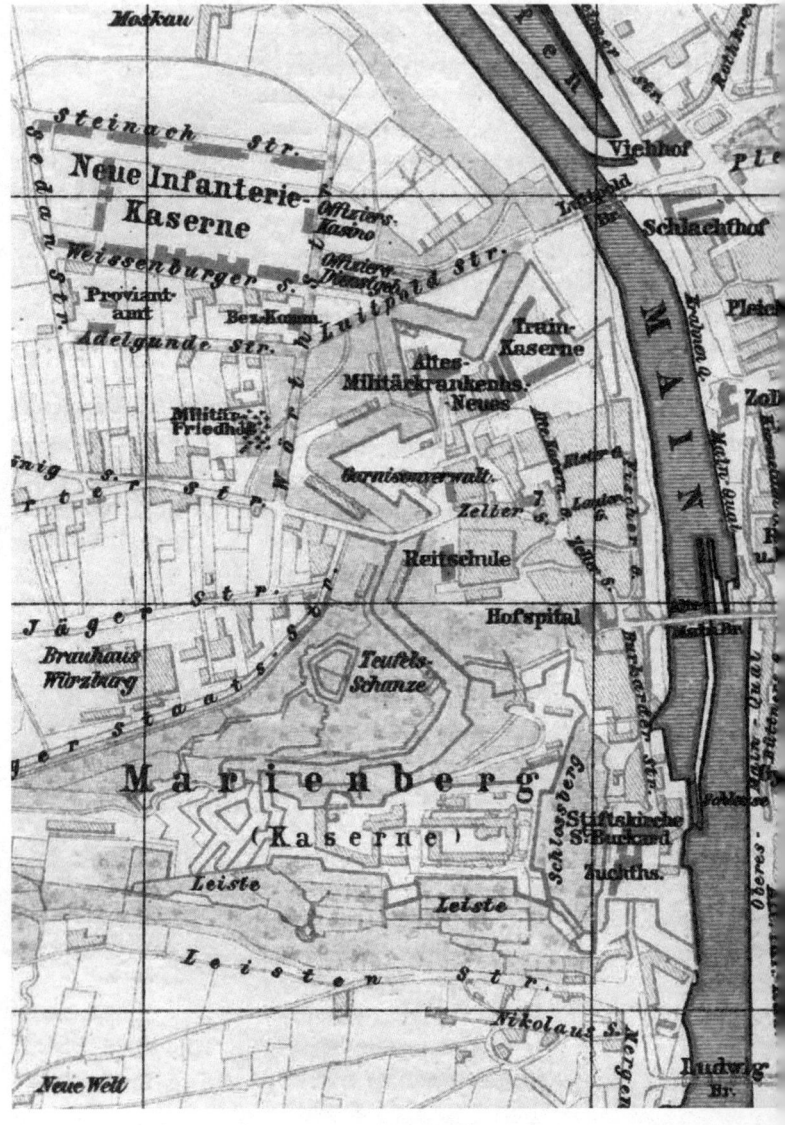

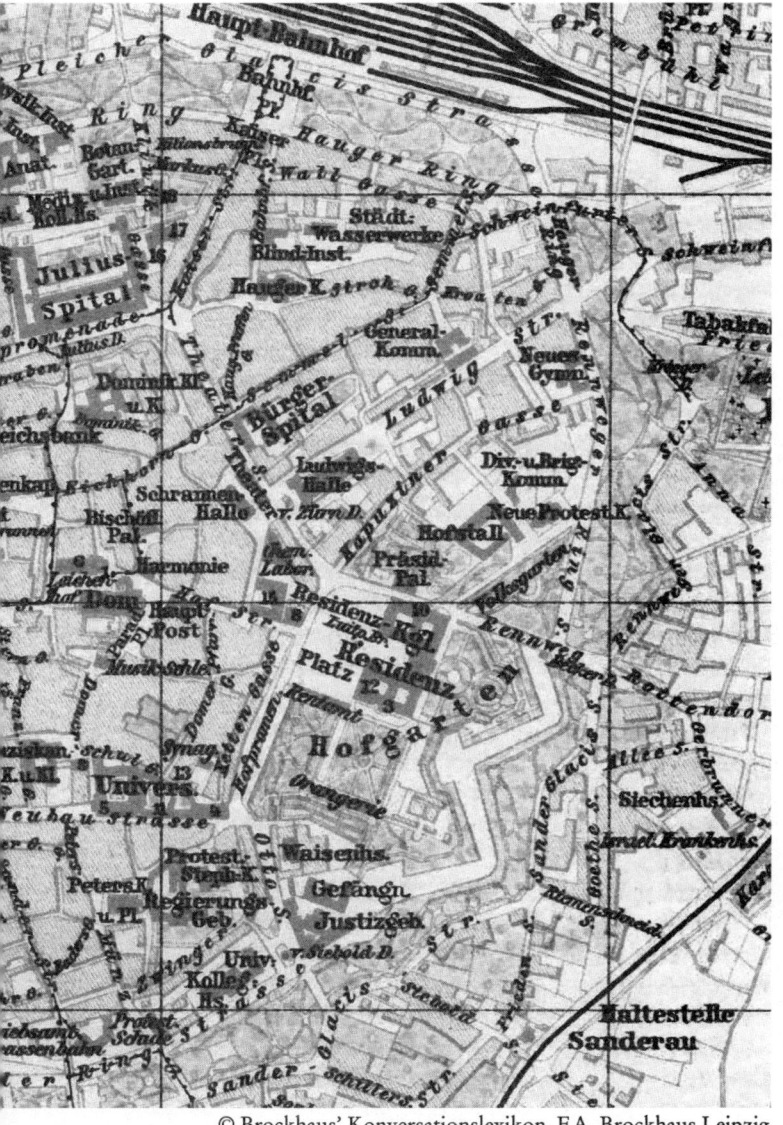

© Brockhaus' Konversationslexikon, F.A. Brockhaus Leipzig, Berlin, Wien, (14. Auflage)

Kapitel 1

GEORG HIEBLER HASSTE SOLCHE TAGE. An einem normalen Werktag an der Straße stehen und auf Ereignisse zu warten, die weder lustig noch aufregend waren. Was für ein Unsinn! Mochten die anderen Menschen hier an der Ludwigstraße, im Herzen Münchens, stehen und ihren Spaß haben. Für Hiebler war das alles nur vergeudete Zeit. Viel lieber wäre er in seiner Schreibstube im vierten Stock des Innenministeriums gesessen und hätte Akten gewälzt. Aber nein, der Herr Minister Freiherr von Feilitzsch wollte es so: Jeder Mitarbeiter – vom Assessor bis zum Laufburschen – musste als Teil einer Feierkulisse herhalten. Für viele der Beschäftigten war es eine Belohnung, auf Geheiß des Ministers Akten und Schreibtische zu verlassen. Für Hiebler war es eine Strafe.

Was sollte das überhaupt für eine Feier sein? Ein Centenar? Am 31. Juli 1888 den 100. Geburtstag von König Ludwig I. zu feiern? Hiebler war es fremd, gegen die Monarchie zu hetzen. Im Gegensatz zu den Anhängern der republikanischen oder sozialdemokratischen Bewegungen, die immer mehr Sympathisanten im Deutschen Reich fanden, war Hiebler ein treuer Staatsdiener – ein

Beamter des Prinzregenten Luitpold von Bayern. Aber dennoch fragte er sich, was es wohl bringen sollte, den Geburtstag einer Person zu feiern, die seit 20 Jahren tot und seit 40 Jahren kein König mehr war? Eine Vergeudung von Zeit und Ressourcen, sonst nichts.

Stumm schüttelte er den Kopf und blickte sich um. Er selbst stand mit den anderen Angestellten und Mitarbeitern des Innenministeriums auf der Ludwigstraße. Stadteinwärts, unmittelbar vor dem Hofgarten der Residenz, waren zwei Tribünen mit Sitzplätzen aufgebaut. Auf der ersten Tribüne saßen die Honoratioren der Stadt – einflussreiche Geschäftsleute, Vertreter der Kirche, der Bürgermeister sowie einige Parlamentsabgeordnete. Die zweite Tribüne war die Loge des königlichen Hofes. Hier hatte der Prinzregent, ein Großteil der königlichen Familie, mehrere Kabinettsmitglieder sowie die Leibgarde Seiner Majestät Platz genommen.

Am Straßenrand gingen Gendarmen auf und ab, um für Ordnung zu sorgen und den wenigen Platz zwischen Publikum und Festzug freizuhalten. Direkt vor der Tribüne des Prinzregenten hatten sich zwei Fotografen postiert, welche ihre Köpfe unter schwarzen Tüchern begruben und die schweren Holzkästen abwechselnd in Richtung der Ehrengäste oder des Festzuges ausrichteten.

Die Ludwigstraße weiter stadtauswärts in Richtung Siegestor standen dicht an dicht gedrängt zugereiste Gäste und Bürger der Stadt München. All die, welche schon frühmorgens vor Ort waren, hatten einen Platz in der vorderen Reihe oder auf der anderen Straßenseite auf Höhe der Tribünen. Viele der Anwesenden trugen ihre Festtagstracht oder Sonntagskleidung. Die Damen hatten vereinzelt einen Schirm dabei, den sie bei unbeständigem Sommerwetter sowohl als Regen- als auch als Sonnenschutz nutzen konnten. Die Stimmung war heiter und festlich zugleich.

Gegenüber der beiden Tribünen, auf der anderen Straßenseite, um das Reiterdenkmal von Ludwig I. gruppiert, sah Hiebler eine Gruppe Männer mit schmutziger Kleidung und unrasierten Gesichtern, die so gar nicht in das Gesamtbild der feiernden Bevölkerung passen wollten. Hiebler hob kurz die Achseln und spitzte die Lippen.

Denen geht es wohl ähnlich wie mir, dachte er. Trotz Anwesenheit kein Interesse an dem Umzug. Nur, dass ich wenigstens nach außen hin in der Lage bin, Haltung und Contenance zu bewahren, statt mich mit schmutziger Kleidung im Blickfeld des Prinzregenten zu positionieren.

Als ob die Männer seine Gedanken hätten lesen können, verließ in dem gleichen Moment die gesamte Gruppe ihren Platz direkt gegenüber der Hofloge und verschwand in Richtung Briennerstraße. Unter den Männern war eine kleinere, etwas untersetzt wirkende Person mit Halbglatze, die im Gegensatz zu den anderen gepflegt und dem Anlass entsprechend gekleidet war. Der Mann erinnerte Hiebler an Severin Knoll, den Fotografen, den er während seines Aufenthaltes in Würzburg kennengelernt hatte.

Knoll wird wohl kaum den weiten Weg von Würzburg nach München zur Centenarfeier gekommen sein, um dann plötzlich mitten während des Festzuges aufzubrechen, dachte er sich.

Hiebler kramte seine Taschenuhr aus der Westentasche und schaute auf die Uhrzeit. Er hatte nun schon fast zwei Stunden stehend am Straßenrand verbracht. Der Festumzug hatte etwa eine Stunde zuvor begonnen. Im Wechsel mit diversen Blaskapellen zogen die Bäcker, die Müller, die Schäffler und die Metzger an ihm vorbei. Sämtliche Berufsgruppen und Vereine der Stadt München nahmen teil. Es war immer das gleiche Winken der Zugteilnehmer in die Menge, die gleichen Musikstücke der Kapellen und der gleiche Applaus der Zuschauer. Am Ende kam das Defilee der jeweiligen Gruppen vor dem Prinzregenten, bis sie über den Odeonsplatz vorbei links abbogen und in Richtung Hofgarten verschwanden.

Hiebler musste jetzt an den Faschingsumzug denken, den er im Februar unfreiwillig in Würzburg erleben durfte. Auch dort fand er die aufgesetzte Heiterkeit und den Lärm nur lästig. Dass die Menschen nicht ihrer normalen Tätigkeit nachgehen oder sich an stillen und einfachen Dingen erfreuen können? Muss es denn immer laut, bunt und nervig sein, fragte er sich, klappte den Deckel seiner Uhr zu und steckte das Erbstück wieder in die Westentasche.

Was meinte der Minister?, grübelte Hiebler. Bis 13 Uhr dauert der Umzug. Jetzt ist 12.55 Uhr. Am Ende des Zuges tritt noch die Vereinigung der Münchner Kauf- und Handelsleute auf, bis die Veranstaltung durch den Salut der Böllerschützen beendet wird. Dann ist Schluss – endlich!

Er lupfte kurz den Hut, kramte aus seiner Hosentasche ein Taschentuch hervor und wischte sich ein paar Schweißtropfen von der Stirn. Dann fuhr er sich durch die Haare, um akkurat den Scheitel von rechts nach links zu ziehen – so, wie er es gewohnt war. Anschließend strich er mit Daumen und Zeigefinger der rechten Hand von der Mitte über seiner Lippe ausgehend nach beiden Seiten den Schnurrbart glatt. »Noch fünf Minuten, dann ist Schluss«, murmelte er leise vor sich hin, gefolgt von einem tiefen Seufzer.

Plötzlich nahm er von der Ferne ein Raunen wahr, das sich immer weiter in seine Richtung ausbreitete.

»Schau, Valentin!«, rief unvermittelt eine junge Dame neben Hiebler. Sie trug ein weißes Sommerkleid und einen ausladenden Hut mit Blumenstickereien. »Schau, da vorne!«, rief sie erneut zu ihrem Begleiter, hielt sich mit der Hand den Hut fest und hüpfte juchzend auf und ab.

Valentin war ein Arbeitskollege Hieblers. Die Dame musste dessen Verlobte oder Gattin sein. Hiebler drehte sich kurz zu den beiden hin und sah sie breit grinsend in Richtung der nächsten vorbeiziehenden Gruppe blicken. Etwas genervt folgte er dem Blick des jungen Paares. Weniger amüsiert als eher verwundert sah er in der Ferne eine Art Karawane in seine Richtung ziehend.

Statt Blasmusik hörte Hiebler jetzt fremdländische, orientalisch anmutende Klänge. Der Gruppe voran gingen Männer mit buntglänzenden Umhängen, Turbanen auf dem Kopf und braun geschminkten Gesichtern. Darunter spielte einer ein Instrument, das vom Aussehen und Klang einer Klarinette ähnelte. Ein seltsames Gequietsche mit einer immer wiederkehrenden Melodie aus wenigen Tönen kam aus dem fremden Instrument. Hinter den Männern trotteten gemächlich mehrere Elefanten. Auf dem Hals von drei der Tiere, sich an deren gigantischen Ohren festhaltend, saß jeweils ein Mann in gleicher Aufmachung wie die vorwegziehenden Personen.

»Das sind … das sind Elefanten. Schau, Valentin, echte Elefanten! Hier in München«, gluckste die junge Dame fröhlich neben Hiebler.

Hiebler starrte jetzt selbst auf die riesigen Tiere, die mit gesenkten Köpfen gemächlich marschierten. Es waren insgesamt acht Exemplare. Vorneweg ging ein Bulle mit langen weißen Stoßzähnen. Es war das größte lebende Tier, das Hiebler jemals gesehen hatte. Der Rüssel des grauen Riesen hing bis zum Boden hinab, die Ohren bewegten sich wie große Fächer langsam im Rhythmus der Schritte. Seine im Vergleich zum gigantischen Kopf winzigen Augen ruhten mit Blick auf dem Boden. Alles Treiben um ihn herum schien dem Tier egal zu sein. Der Bulle strahlte Ruhe und Gelassenheit aus. Er wurde mit lockerem Zügel von einem verkleideten Dompteur oder Tierpfleger geführt. Neben dem Bullen ging eine Elefantenkuh, auf der ein weiterer Dompteur saß. In Zweierreihen dahinter folgten die anderen Tiere. Alle hatten Ketten zwischen den Vorder- und den Hinterbeinen. Hiebler wunderte sich, warum Tiere, die auf ihn friedvoller als eine Herde Schafe wirkten, Ketten tragen mussten. Mit etwas Abstand zu den Elefanten und deren orientalisch gekleideten Wärtern rollte mit gleichmäßig tuckerndem Motor und qualmendem Schornstein eine etwa vier Meter lange Straßenlokomotive hinterher. Die Lokomotive war mit bunten Stoffbahnen geschmückt. Links und rechts war jeweils ein Banner angebracht mit der Aufschrift »Verein der Kauf- und Handelsleute München«.

Das Publikum um Hiebler winkte den maskierten Männern und den Tieren zu, als diese an ihnen vorbeimarschierten. Es waren nur drei bis vier Meter Abstand von Hiebler zu den Kolossen. Er sah die tiefen Falten in der grauen Haut der Tiere und die spärliche schwarze Behaarung am Rumpf. Hiebler bewunderte, wie sich solche Kolosse scheinbar mühelos fortbewegen konnten. Ein einzelnes Bein des Bullen an der Spitze war in etwa so lang und breit wie ein erwachsener Mensch, dennoch wirkte die Bewegung insgesamt leicht und nahezu elegant. Langsam zogen die Tiere vorbei. Die Elefantenwärter winkten freundlich in das entzückte Publikum. Hiebler konnte sich nun ebenfalls ein Lächeln nicht mehr verkneifen. Diese faszinierenden Lebewesen aus unmittelbarer Nähe zu betrachten, beeindruckte ihn schwer. Glückselig sah er jedem vorbeiziehenden Tier hinterher, bis er nur noch die vergleichsweise dünnen Schwänze der in der letzten Reihe gehenden Elefanten gemächlich wedeln sah.

Als die Elefantenkarawane vor der Hofloge ankam, gaben die Wärter kurze Kommandos. Einer der Männer klopfte mit einem Stock kurz auf die Vorderfüße des Leitbullen. Sofort blieben der Bulle und kurz danach die anderen Elefanten stehen. Die Dompteure, die auf den Elefanten saßen, kletterten schwungvoll und geübt herunter.

Als Nächstes wurden die Tiere in Reih und Glied vor der Tribüne positioniert.

Ein Wärter stellte sich vor die Elefanten und hob mit einer schwungvollen Bewegung, wie der Dirigent eines Symphonieorchesters, beide Hände hoch. Er rief ein lautes »Allez!«, woraufhin die Tiere den Kopf in den Nacken legten und ihre Rüssel wie Trompeter bei der Fanfare noch oben streckten.

Ein entzücktes Raunen kam von der Tribüne. Die Kinder der Königsfamilie gafften mit offenen Mündern auf das Geschehen. Der Prinzregent setzte ein breites Lächeln auf und strich sich amüsiert über den langen grauen Bart.

Das Publikum drängelte sich jetzt schweigend und gespannt auf die Straße, um einen besseren Blick auf das ungewöhnliche Ereignis zu erhaschen.

Der Elefantendompteur warf jetzt erneut seine Hände nach oben und rief ein lautes »Allez hopp!«.

Will er etwa die tonnenschweren Tiere vor der königlichen Familie Männchen machen lassen?, fragte sich Hiebler, als plötzlich der Führer der Straßenlokomotive am Ende der Karawane mit einem lauten »Tuuut!« Dampf aus einem Ventil abließ. Es war nicht nur ein ohrenbetäubender Lärm. Nein, dummerweise war das Ventil an der Maschine exakt auf Höhe der Elefanten. Der heiße entweichende Dampf besprühte das Hinterteil einer Elefantenkuh am Ende der Reihe.

Für wenige Sekunden herrschte nun völlige Stille.

Die Elefanten senkten ihre Köpfe.

Schließlich stürzte sich die mit dem heißen Dampf besprühte Elefantenkuh fluchtartig einige Meter nach vorne in Richtung der Tribüne.

Sofort sprangen Gendarmen auf, zogen ihre Säbel und schrien wild auf die Elefantendame ein. Nun wurden die anderen Tiere ebenfalls unruhig. Der große Bulle klappte seine Ohren nach vorne und schleuderte wild den Rüssel hin und her. Mit einer kurzen, aber heftigen Schrittbewegung schaffte er es, die Ketten zwischen seinen Beinen zum Bersten zu bringen. Er lief mit schnellen Schritten in Richtung der Gendarmen vor der Tribüne und gab ein ohrenbetäubendes »Tröööt!« von sich.

Jetzt ging alles rasend schnell.

Die königliche Familie und der Hofstaat wurden hastig von der Leibwache seitlich an der Tribüne hinausgeleitet. Mit ausreichendem Abstand zu den unruhig hin und her schwankenden Elefanten wurde die Gruppe an den Tieren vorbei über den Odeonsplatz in die Theatinerkirche geführt.

Weitere Gendarmen und Soldaten der Leibgarde eilten hinzu und positionierten sich mit gezogenen Säbeln und lauten Rufen zwischen der mittlerweile fast leeren

Tribüne und den sich immer wieder aufbäumenden Elefanten. Zusätzlich eilte eine grölende Menschenmenge herbei, um das Geschehen vor der Hofloge besser verfolgen zu können.

Die Dompteure versuchten währenddessen, die Elefanten, welche nun von vorne durch Soldaten und von hinten durch die auflaufende Menschenmenge bedrängt wurden, durch besänftigende Gesten und Kommandos zu beruhigen.

Hiebler blieb wie eingefroren stehen. Er ließ die Menge an sich vorbeiziehen und beobachtete alles von der Distanz aus. Vor der Tribüne sah er seinen Chef, Freiherr von Feilitzsch, wild gestikulierend den Gendarmen Anweisungen geben.

»Haltet die Stellung!«, rief der Minister. »Nicht zurückweichen!«

Plötzlich gab es einen lauten Knall gefolgt von einer staubigen Windböe. Hiebler und alle anderen Anwesenden einschließlich des Ministers duckten sich instinktiv.

Die Elefanten hielten kurz inne.

Dann legten sie los.

Mit einem lauten Trompetenlaut beschleunigte der Leitbulle seinen über zwei Tonnen schweren Körper und raste jetzt direkt auf die Gendarmen zu. Mit wütendem Schwingen seines Rüssels bahnte er sich den Weg. Wie Dominosteinen fielen die Soldaten zur Seite. Die beiden Fotografen konnten sich noch gerade durch einen beherzten Sprung in Sicherheit bringen. Wer nicht rechtzeitig ausweichen konnte, bekam einen heftigen

Schlag und wurde meterweit weggeschleudert. Der Elefantenbulle raste über die hölzerne Tribüne, als ob sie aus Streichhölzern gebaut worden war. Drei weitere Elefanten folgten dem Bullen. Mit Rüssel und Stoßzähnen hebelten sie Bretter aus der Konstruktion und warfen diese wütend durch die Luft. Die Elefantenwärter versuchten unterdessen, die anderen vier Tiere im Zaum zu halten. Sie zerrten heftig an den Zügeln und riefen laut Kommandos. Nun rückte allerdings die Menge von hinten an. Männer und Frauen schlugen mit Stöcken und Schirmen auf die Elefanten ein, was dazu führte, dass die zweite Gruppe jetzt ebenfalls mit lautem Getröte den Führern, die an ihrer Seite schritten, die Zügel entrissen und ohne Fesseln über die Straße trabten. Die Tiere nahmen ihren Weg direkt durch dichtgedrängte Menschenmassen. Männer, Frauen und Kinder schrien wie am Spieß. Im Schlepptau der Elefanten eilten ihnen die Dompteure hinterher. Sie versuchten verzweifelt, die Tiere mit Seilen wieder einzufangen. Vorbei am Reiterdenkmal Ludwig I. und dem Wittelsbacher-Palais liefen die Elefanten in die Jägerstraße. Hier war es glücklicherweise etwas ruhiger. Es gelang den Wärtern, die Elefanten in einen Hinterhof zu treiben, sie dort zu besänftigen und ihnen wieder die Zügel und Fesseln anzulegen.

Anders verlief es mit der in der Hofloge wütenden Elefantengruppe um den Leitbullen. Die Tiere hatten mittlerweile genug Schaden auf der Tribüne angerichtet und trotteten nun in Richtung Hofgarten, die Passanten vor sich her treibend. Von der breiten Ludwigstraße wurde die Menschenmenge in die schmale Hofgartenstraße gedrängt. Die plötzliche Enge hier und die fehlende Möglichkeit, in unterschiedliche Richtungen fliehen zu können, löste Panik unter den Passanten aus. Alle drängten blind nach vorne. Frauen verloren die männlichen Begleiter in ihrer Nähe, Kinder konnten dem Tempo ihrer Eltern nicht mehr folgen und blieben zurück. Wer auf den Boden fiel, auf den wurde keinerlei Rücksicht genommen. Niemand half dem anderen wieder auf die Füße, man lief blindlings einfach weiter.

Manche versuchten, auf Mauern oder Bäume hochzuklettern. Einigen gelang es. Die meisten fielen jedoch über- und durcheinander beim Versuch, sich in Sicherheit zu bringen. Die auf dem Boden Liegenden wurden von nachdrängenden Menschen überrannt. Andere wurden gegen Mauern und Häuserwände gedrückt und drohten zu ersticken. Das Angstgeschrei war ohrenbetäubend.

Vom Hofgarten zogen die Tiere weiter über die Maximilianstraße, die Münchner Prachtstraße, in Richtung Platzl. Eine Passantin vor dem *Hofbräuhaus* glaubte, sich durch Aufspannen ihres Regenschirmes und lautes Gekreische vor den Tieren schützen zu können. Das Ergebnis war, dass die Elefanten dadurch nur noch scheuer wurden und nun planlos durch enge Altstadtgassen trabten. Die Panik breitete sich immer weiter aus. Dutzende von eigentlich unbeteiligten Passanten ließen sich von der allgemeinen Verwirrung und Unüberlegtheit anstecken und liefen wie kopflose Hühner gackernd durch Münchens Altstadt. Mit lautem Geschrei rannte eine Gruppe Heranwachsender vom Platzl über das Tal zum Viktualienmarkt. »Rette sich, wer kann!«, schrien sie. »Lauft! Schnell, lauft davon! Lauft, so schnell ihr könnt!«

Die Warnung blieb nicht ungehört. Frauen ließen ihre Einkäufe vor den Marktständen stehen und rannten mit aufgerissenen Augen in Richtung Gärtnerplatz.

Mittlerweile hatten sich einige Soldaten vom Leibregiment des Prinzregenten vor dem Markt versammelt, um sich im Kampf dem heranrückenden Feind zu stellen. Als die Elefanten kamen, baute sich ein besonders mutiger Soldat vor dem Leitbullen auf und stach ihm mit dem Bajonett in den Rüssel. Der Elefant packte den Angreifer und schleuderte ihn in hohem Bogen in die Gruppe seiner Kameraden. Ein weiterer Soldat meinte, mit einem Schuss in die Luft endlich für Ruhe zu sorgen. Das Gegenteil trat ein. Die Tiere stürmten mit lautem Getröte an der Leibgarde vorbei durch den Markt, überrannten alles, was im Weg stand, und zertrümmerten mehrere Verkaufsstände.

Weiter ging die Elefantenjagd über den Gärtnerplatz in Richtung Isar. Mittlerweile waren berittene Gendarmerie- und Armeeeinheiten mobilisiert wurden. Das Fußvolk wurde angewiesen, in kleineren Gruppen in Seitengassen oder Innenhöfen Schutz zu suchen, statt panisch der Masse hinterherzulaufen.

Diese neue Strategie war erfolgreich. Die Reiter trieben die Elefanten vom Gärtnerplatz durch die Reichenbachstraße, bis ihnen in der Auenstraße der Weg versperrt wurde. Die Münchner Feuerwehr hatte mittlerweile rasch eine Barriere durch drei Löschwagen aufgestellt, welche von jeweils vier Kaltblütern gezogen wurden. Die Elefanten hatten inzwischen knapp drei Kilometer im Laufschritt absolviert und schienen erschöpft zu sein. Zwischen der Feuerwehr und den berittenen Truppen waren die Tiere nun eingekesselt. Nachdem der Weg nach vorne versperrt war, drehte sich der große Elefantenbulle zu den Soldaten um. Er blutete aus der Wunde am Rüssel, schnaubte und schwang den Kopf hin und her. Dann begann er, in Richtung der Soldaten zu laufen.

Der Bulle kam nicht weit. Drei Offiziere schossen gleichzeitig mit ihren Gewehren auf das Tier. Der Elefant wurde an mehreren Stellen getroffen. Er blieb stehen und schwankte kurz, bis er schließlich wie eine gefällte Eiche zu Boden fiel. Dann bewegte er sich nicht mehr.

Die Soldaten dachten, dass nun die verbliebenen drei Elefanten aufgewühlt zum Gegenangriff ansetzen würden. Die Gewehre wurden erneut angelegt. Jeder erwartete das Kommando zu feuern.

Doch etwas Gegenteiliges geschah: Mit gesenktem Kopf trotteten die Tiere langsam zu dem erschossenen Leitbullen, stellten sich um ihn herum, beschnüffelten ihn und versuchten, dem Bullen durch sanftes Stoßen mit dem Rüssel wieder auf die Beine zu helfen. Man hatte den Eindruck, als ob sie um das Tier trauerten und Abschied von ihm nehmen wollten. Es war eine fast andächtige Situation. Alle anwesenden Passanten, die Soldaten, Gendarmen und Feuerwehrleute beobachteten fasziniert das Geschehen mitten auf der Straße. Schließlich traten zwischen den Reihen der Soldaten drei der Elefantendompteure hervor. Einer von ihnen hatte immer noch den mittlerweile grotesk erscheinenden Turban auf dem Kopf. Die Männer trugen schwere Seile und bewegten sich langsam zu den trauernden Tieren. Widerstandslos ließen sich die Tiere jetzt fesseln und anschließend wie Schafe wegführen.

Die Münchner Elefantenjagd war am frühen Nachmittag des 31. Juli 1888 beendet.

Kapitel 2

Hiebler hatte nie einen Krieg miterleben müssen. Er hatte nicht als Soldat gedient und war nie an der Front. Das, was er jetzt jedoch am frühen Nachmittag dieses trüben Sommertages sah, kam ihm wie die Hinterlassenschaften einer Schlacht vor. Er sah jammernde Verletzte und verzweifelte, ihre Eltern suchende Kinder. Die zuvor zum Festzug sauber gefegte Ludwigstraße war verschmutzt. Zwischen gigantischen Kothaufen als Hinterlassenschaften der Elefanten lagen Jacken, Regenschirme und einzelne Schuhe auf der Straße. Die beiden Tribünen waren nur mehr Fragmente, wobei vor allem die Hofloge nahezu komplett zerstört war. Nicht nur, dass die Holzdielen einzeln rausgerissen waren, zum Teil schienen dicke Fichtenbretter zu Splittern verarbeitet geworden zu sein.

Hiebler selbst hatte die Panik, das Chaos und das Wüten der Elefanten von dem gleichen Platz aus verfolgt, den er fast zwei Stunden zuvor eingenommen hatte. Er hatte sich nicht bewegt, ließ sich nicht von der Menge mitreißen, um näher am Geschehen zu sein. Er war nicht kreischend durch die Straßen gelaufen. Hiebler blieb als stiller und distanzierter Beobachter stehen, bis Ruhe einkehrte und nur mehr ein leises Jammern und Winseln einzelner Personen zu hören war. Kurz dachte er daran, einen Verletzten zu stützen oder ein wimmerndes Kind zu trösten. Dann überlegte er es sich anders. Zu vielen hätte er helfen müssen. Und warum sollte er helfen? Warum jetzt? Andere waren hierfür besser geeignet als er selbst. Sollten sich Ärzte, Sanitäter, Gendarmen, Soldaten oder die Feuerwehr, die alle demnächst eintreffen würden, um die Verletzten und Orientierungslosen kümmern – er wollte es nicht. Hiebler folgte der Trümmerwüste ein kurzes Stück und überquerte den Odeonsplatz. Die Theatinerkirche, der Ort, an dem kurzfristig die königliche Familie Schutz vor den Elefanten gesucht hatte, schien leer zu sein. Der Hofstaat des Prinzregenten war einige Minuten zuvor mit mehreren Droschken ins Schloss Nymphenburg gebracht worden.

Direkt neben der barocken Kirche war in der Theatinerstraße das Innenministerium in einem ehemaligen Kloster des Theatinerordens untergebracht. Hiebler betrat seine Arbeitsstätte in der Hoffnung, in der Schreibkammer unter dem Dach des alten Gebäudes nun endlich in Ruhe seiner geregelten Arbeit nachgehen zu können.

Er wurde das Chaos jedoch nicht los. Nach dem Öffnen der schweren Eingangstür wurde ihm zunächst durch eine Gruppe von etwa zehn Personen vor der Pforte der Weg versperrt. Viele Stimmen redeten, wild gestikulierend, laut und durcheinander auf die beiden

Pförtner ein. Hiebler hörte nur einzelne Wortfetzen: »Wer bezahlt mir das?«, »Wo war das Militär?«, »Ich finde mein Kind nicht mehr!«, »Warum hat man die Elefanten nicht gleich erschossen?«, »Hier ist doch die Zentrale des Gendarmeriekorps, unternehmen Sie etwas!«

Er drängte sich genervt an der Menschentraube vorbei und kam in die Eingangshalle mit der großen geschwungenen Treppe. Hier war es nicht besser. Orientierungslos wanderten Menschen jeglichen Alters auf und ab. Hiebler vermutete, dass sie in dem Gebäude des Ministeriums nur unweit vom Geschehen Schutz gesucht hatten, nachdem ihnen der Weg in die Theatinerkirche zuvor durch die Leibgarde des Prinzregenten verwehrt worden war. Die Bänke und Stühle in der Eingangshalle des Gebäudes waren alle belegt, viele saßen daher dicht gedrängt auf den Treppenstufen. Manche weinten hemmungslos, einige vergruben ihr Gesicht kopfschüttelnd in den Händen, wieder andere starrten nur ausdruckslos ins Leere. Hiebler kämpfte sich den Treppenlauf an den kauernden Menschen vorbei nach oben.

Am Treppenabsatz zwischen Erdgeschoss und erstem Stock sah er seinen Kollegen Valentin stehen. Dessen Begleiterin, Frau oder Verlobte, welche etwa eine halbe Stunde zuvor noch fröhlich glucksend den Einzug der Elefanten begrüßt hatte, saß neben ihm auf dem Boden. Den Hut schien sie verloren zu haben, in ihr Gesicht hingen schmutzig verschwitzte Haarsträhnen. Das vormals weiße Sommerkleid war jetzt übersät mit dunklen Flecken. Der Rocksaum war zerrissen.

Hiebler stellte sich vor die beiden, lupfte seinen Hut und begrüßte mit einem kurzen Kopfnicken Valentins Begleiterin. Die Dame quälte sich ein müdes Lächeln ab, bevor sie wieder ins Leere schaute.

»Georg, gut, dich heil und ganz zu sehen«, begrüßte ihn sein Kollege. »Du warst plötzlich weg!«

»Das stimmt nicht«, antwortete Hiebler. »Ich stand die ganze Zeit am gleichen Platz, ohne mich zu bewegen. Ihr wart weg. So wie fast alle. Jeder musste plötzlich losrennen. Wie die Lemminge zur Klippe seid ihr gerannt.«

»Das ging nicht anders! Wir sind gedrückt und geschoben worden. Es war schrecklich«, antwortete Valentin. »Wir konnten nicht einfach stehen bleiben.«

Hiebler sah jetzt den Schweiß, der seinem Kollegen scheinbar immer noch in Strömen trotz der relativ kühlen Temperatur die Stirn herunterlief. Seine Augen waren weit aufgerissen, und die Hände zitterten. Er schien sichtlich geschockt. »Plötzlich fiel dann Helene zu Boden. Gott sei Dank konnte ich ihre Hand halten und sie mühsam wieder hochziehen. Wer weiß, was sonst mit ihr passiert wäre.«

Besorgt blickte Valentin auf seine Verlobte, die weiter regungslos ins Nichts starrte. »So etwas habe ich noch nie erlebt und werde es hoffentlich auch nie wieder erleben – schrecklich, Georg, schrecklich!«

»Wäre jeder an seinem Platz geblieben, wäre nichts passiert«, fuhr Hiebler fort. »Warum sind alle durchgedreht? So, wie ich das mitbekommen habe, die Menschen sogar mehr als zuvor die Elefanten.«

»Wie kannst du so was sagen, Georg?«, fragte Valentin erschüttert. »Wegen dieser Monster sind Frauen und Kinder zu Schaden gekommen. Vielleicht sind sogar welche gestorben!«

»Mein Eindruck war, dass die Dompteure der Elefanten ihre Tiere wieder hätten beruhigen können, wenn nicht das Volk durchgedreht wäre«, sagte Hiebler. Er dachte kurz nach. »Sag mal, was war das eigentlich für eine Explosion? Der Schuss, der die Tiere erst recht anstachelte?«

»Ich kann mich nicht mehr erinnern«, antwortete Valentin. »Ich weiß nur noch, dass ich mit Helene um mein Leben gerannt bin und glücklicherweise irgendwann hier im Ministerium Zuflucht gefunden habe.« Er schüttelte den Kopf, dann fuhr er wütend und mit lauter Stimme fort: »Der Zugang zur Kirche wurde uns ja von der Leibgarde des königlichen Hofs versperrt. Das hat die Panik nur weiter angeheizt, aber die Hoheiten müssen natürlich vor dem gemeinen Volk geschützt werden. Eine Frechheit …«

»Pst!«, unterbrach ihn Hiebler und blickte sich um. »Sei still, Valentin. Du bist wie ich ein Beamter seiner Majestät. Du solltest …«

»Hiebler, Keller!«, klang plötzlich eine Stimme vom oberen Ende der Treppe. »Da sind Sie ja endlich!«

Hiebler wandte sich der Stimme zu und blickte nach oben. Er sah einen dicken Mann mit wenig Haaren. Er trug weder Hut noch Jacke, sondern nur eine Weste über dem Hemd. Dafür hatte er weiße Ärmelschoner, die mit einem schwarzen Band am Oberarm befestigt waren. Hiebler kannte den Mann. Es war Göbele, einer der Privatsekretäre des Ministers.

»Der Minister bittet alle Assessoren, Beamte des höheren Dienstes sowie die Kommandeure der Bezirksgendarmerien in den Besprechungssaal«, fuhr Göbele fort. »So, wie ich den Herrn Minister verstanden habe, soll die Sitzung jetzt sofort stattfinden!«

Hiebler nickte. Er zog sich Hut und Kragen gerade. »Kommst du?«, fragte er Valentin.

Sein Kollege bewegte sich zögerlich.

»Nein, Valentin, nein! Du kannst mich jetzt nicht alleine lassen!«, schrie plötzlich Helene, seine Begleiterin, und umklammerte dessen linkes Bein.

Skeptisch blickte Hiebler zunächst auf Helene und dann auf Valentin.

»Valentin?«, fragte er schließlich auffordernd seinen Kollegen.

»Georg, ich ... äh ...«, erwiderte dieser zögerlich und legte seine Hand unentschlossen auf Helenes Schulter. »Geh du schon mal vor. Ich komme dann nach.«

»Na gut«, erwiderte Hiebler, schüttelte kurz den Kopf, atmete tief ein und machte sich auf den Weg.

Der große Besprechungsraum des Innenministeriums lag am Ende eines langen Flurs im zweiten Stock des Gebäudes.

Vor der Tür zum Saal standen laut debattierende Männer in Uniform. Hiebler ging in deren Richtung. Er grüßte artig mit einer angedeuteten Verbeugung und einem freundlichen »Grüß Gott«, dann betrat er den

Raum. Im Saal selbst waren bis auf die letzte Reihe zwei Drittel der Stühle mit uniformierten Soldaten oder Gendarmen besetzt. Ganz vorne saßen zwei Sekretäre, hinten, in der letzten Reihe, hatten die Assessoren und einige leitende Beamte des Ministeriums Platz genommen. Hiebler kannte die wenigsten der Anwesenden. Schnell wurde ihm klar, dass es sich hier um eine militärische Angelegenheit handelte. Zivilpersonen wie er waren eher Fremdkörper.

Er hängte Mantel und Hut an die Garderobe an der Seitenwand des Saals und blickte sich nach einem freien Stuhl um. Zwei weitere Personen in der letzten Reihe kannte er als Assessoren. Er grüßte beide kurz und quetschte sich an ihnen vorbei. Weitere Plätze waren von Abteilungsleitern belegt, ihm blieb nur ein freier Platz in der hintersten Ecke neben einem jugendlich aussehenden Mann, den er noch nie gesehen hatte. Der Mann hatte relativ langes dunkelbraunes Haar und war bartlos. Sein Gesicht war schmal, er hatte eine lange Nase und ein markantes Kinn. Die Stirn war hoch. Sein Anzug war, anders als sonst üblich, grau statt schwarz. Auf Hiebler wirkte der Mann eher wie ein Musiker, Künstler oder Philosoph. Jedenfalls war sein Erscheinungsbild untypisch für einen Beamten im Ministerium. Der Mann lächelte Hiebler schelmisch an, als dieser neben ihm Platz nahm.

Beide warteten etwa fünf Minuten schweigend, während in den vorderen Reihen wild diskutiert wurde. Dann eilten plötzlich die noch vor der Tür stehenden Soldaten in den Raum, suchten rasch ihre Plätze und setzten sich.

Der Minister marschierte in den Saal.

Es kehrte sofort Stille ein.

Freiherr von Feilitzsch kam in Begleitung seines Staatssekretärs sowie des Oberkommandanten der Münchner Gendarmerie.

Die wartenden Soldaten, Gendarmen und Beamte standen auf und schlugen die Hacken aneinander. Von Feilitzsch nahm dies nicht zur Kenntnis. Mit raschem Schritt trat er vor die Anwesenden und hüstelte ein leises »Setzen, bitte!«

Schlagartig nahmen wieder alle Platz.

Die drei Männer vorne blieben stehen, der schmächtige und kleine von Feilitzsch, neben ihm sein etwa einen Kopf größerer Staatssekretär sowie der etwa dreimal so schwere Gendarmerie-Kommandant.

Von Feilitzsch wirkte sichtlich angeschlagen. Er hatte Schrammen auf der Stirn, als ob er auf den Boden gefallen oder mit dem Kopf gegen etwas gestoßen wäre. Anders, als sonst üblich, trug er kein Monokel.

»Meine Herren«, begann er mit seiner leisen und etwas rauen Stimme. »Ich will nicht lange darum herumreden, aber das, was wir heute erleben mussten, war schlicht und einfach eine Katastrophe, die niemals wieder passieren darf.«

Von Feilitzsch blickte streng in die Gesichter der Zuhörer. »Zunächst zum Wichtigsten: Der Prinzregent, sowie die gesamte königliche Familie blieben unversehrt.«

Der Minister machte kurz eine Pause. In den Reihen hörte man ein erleichtertes Aufatmen.

»Nun zu den bisher beobachteten Schäden, bevor wir uns mit den Konsequenzen des Ereignisses beschäftigen«, fuhr von Feilitzsch fort und wandte sich an den neben ihm stehenden Kommandanten der Gendarmerie. »Major Eckel, ich darf Sie um Ihren Bericht bitten.«

Der dicke Gendarm räusperte sich, bevor er antwortete. Er hatte schwarzes fettiges Haar, das auf der Stirn klebte. Die dicken Wangen leuchteten rot, und sein Schnurrbart hing an den Rändern traurig nach unten. Er sprach mit Münchner Akzent. »Vielen Dank, Exzellenz. Wir stehen mit allen Bezirkskommandanten der Stadt in enger Verbindung. Derzeit werden Schäden aus den Bezirken Maxvorstadt, Altstadt-Lehel und Ludwigsvorstadt berichtet. Materielle Schäden sind vor allem hier direkt vor dem Ministerium zu berichten – ein kurzer Blick auf die zerstörten Tribünen schräg gegenüber reicht. Weiterhin wurden demolierte Marktstände am Viktualienmarkt gemeldet. Gravierender erscheinen jedoch die Berichte zu den Schäden an Leib und Körper. Durch die Elefanten wurden zwölf Personen verletzt, welche aktuell noch in den Spitälern versorgt werden. 120 weitere Personen wurden im Rahmen der Panik verwundet, bedürfen jedoch aktuell keiner ärztlichen Behandlung. Die Verletzten wurden zu Boden gerissen und schlichtweg von der Menge überrannt. Leider haben wir auch bisher vier Todesfälle zu verzeichnen, zwei Frauen und zwei Kinder, die ihren schweren Verletzungen erlegen sind. Zuletzt haben wir über die Bezirksämter und die Aufnahmezentrale hier im Ministerium noch über 100 vermisste Kinder gemeldet bekommen. Es ist daher zu befürchten, dass die Zahl der verletzten oder gar toten Minderjährigen steigen wird. So viel von meiner Seite zum derzeitigen Zeitpunkt.«

Nachdem der Gendarm seinen Bericht beendet hatte, ging ein Raunen durch die Reihen. Von Feilitzsch schüttelte den Kopf. »Mir scheint es, dass die Tiere durchgedreht sind und mit ihnen das gesamte Volk!«, murmelte er mehr zu sich selbst. Er dachte kurz nach, dann fuhr er fort: »Ich möchte jetzt mehr über die Elefanten erfahren. Wie kommt es zu so einer unkontrollierten Flucht? Herr Staatssekretär, was wissen wir über die Tiere?«

Der große Mann neben von Feilitzsch begann mit seinem Bericht. Hiebler kannte ihn, es war der Staatssekretär Eberhardter, so etwas wie die graue Eminenz im Ministerium. Eberhardter war 20 Jahre jünger als von Feilitzsch und somit sein Musterschüler mit eigenen Ambitionen auf ein Ministeramt.

»Die Tiere wurden vom *Verein der Kauf- und Handelsleute München* für den Zug zur Centenarfeier bei einem *Zirkus Hagenbeck* in Hamburg geordert. Laut Auskunft der Dompteure waren die Elefanten dergleichen Umzüge gewohnt und traten schon mehrmals auf ähnlichen Festen auf. Alles – die Bestellung der Tiere, deren Transport nach München, die Sicherheitsmaßnahmen mit Anlage von Ketten zwischen Vorder- und Hinterbeinen, die Betreuung durch geschulte Dompteure einschließlich des Besitzers der Tiere, Herrn Hagenbeck, lief geordnet ab«, berichtete Engelhardt emotionslos. »Die Papiere wurden geprüft, es gibt keinen Grund zur Beanstandung. Nach dessen Vernehmung auf der Gendarmerie-Dienststelle habe ich mich persönlich ebenfalls mit Herrn Hagenbeck vor etwa zehn Minuten unterhalten können. Er scheint mir ein geachteter und vernünftiger Mann zu sein. Warum die Tiere sich derart benommen haben, ist ihm unerklärlich. Wir werden diesen Aspekt also weiter untersuchen müssen.«

»Gut!«, sagte von Feilitzsch. »Dann werde ich Ihnen jetzt berichten. Schließlich bin ich selbst auch ein Augenzeuge. Ich saß mit einigen anderen Kollegen aus dem Kabinett in der Hofloge. Ich kann Ihnen folglich genau berichten, was sich dort ereignet hatte.«

»Jetzt wird es spannend«, flüsterte zu Hieblers Verwunderung der junge Mann mit den langen dunklen Haaren. »Eine Zeugenaussage einer Person in diesem Rang ist eher selten.« Er sah lächelnd in Hieblers Richtung, der dessen Blick mit einer Mischung aus Verwunderung und Hochmütigkeit erwiderte. »Aha!«, sagte Hiebler leise und folgte aufmerksam den Ausführungen des Ministers.

»Die Unruhe der Elefanten wurde vor allem durch den großen Bullen an der Spitze des Zuges ausgelöst. Diesen hatten die Wärter offenbar nicht unter Kontrolle. Der Elefant zerriss seine Ketten und konnte ungehindert wüten. Hier gilt es, Versäumnissen seitens des Besitzers der Tiere weiter nachzugehen.«

Die Anwesenden nickten. Einer der Sekretäre machte sich Notizen.

»Zudem war scheinbar der Führer der Straßenlokomotive völlig umnachtet und hat zum denkbar ungünstigsten Zeitpunkt Dampf entweichen lassen. Die Sirene machte die Tiere scheu. Und da ein Unglück alleine nicht genug ist, muss schließlich einer der Böllerschützen, die den Zug beenden sollten, seinen rechten Zeigefinger nicht im Griff gehabt und vorzeitig geschossen haben. Das reichte wohl, um die scheuen Tiere endgültig zu erschrecken. Auf die Panik der Elefanten folgte wiederum die der Menschen. Kurzum: eine Verkettung von Zufällen, die zu dieser Katastrophe geführt hat. Unser Versäumnis ist hierbei, dass wir die Menge nicht mehr kontrollieren konnten.«

Hiebler dachte nach. Er erinnerte sich, wie er den Minister in dem Treiben beobachtet hatte, wie dieser wild gestikulierend den Gendarmen Anweisungen gab. Wie er die Explosion hörte und alle, auch der Minister, instinktiv in Deckung gingen.

Soll das wirklich ein Böllerschuss gewesen sein, fragte sich Hiebler. Die Böllerschützen waren am Ende des Zuges. Die Detonation kam von vorne, dort, wo der Minister stand. Von Feilitzsch selbst ging doch in Deckung. Also muss er es doch auch gespürt haben? Warum sagt er das nicht? Und auch wenn es ein Böllerschuss war, hätte der Minister doch die Vernehmung des Schützen veranlassen müssen.

In Hiebler arbeitete es. Er konnte nicht einfach stillsitzen und schweigen.

Schließlich streckte er seine Hand hoch.

Von Feilitzsch nahm Hiebler zunächst nicht wahr. Als

er gerade mit seiner Ansprache fortfahren wollte, signalisierte ihm Herr Eberhardt, der Staatssekretär, die Wortmeldung.

Der Minister nickte kurz und blickte auf ihn. »Sie wollen uns etwas zur Sache mitteilen Herr …«

»Hiebler«, ergänzte dieser. »Ja, Exzellenz, das möchte ich.«

»Hiebler«, wiederholte von Feilitzsch. »Ja, ich kenne Sie, Hiebler. Sie hatten vor einem halben Jahr den Auftrag in Würzburg.«

Der Minister ließ ein leises und heiseres Kichern ertönen. »Der Silvaner-Hiebler – ich erinnere mich. Was wollen Sie uns denn mitteilen, Herr Assessor?«

»Herr Minister, gestatten Sie mir bitte ein paar Worte«, begann er und stand auf. »Sehen Sie das nicht als Kritik, sondern eher als Ergänzung zu Ihren Ausführungen. Ich konnte durchgehend das Geschehen benachbart zur Hofloge beobachten und ich bin mir zwischenzeitlich sicher, dass das kein Zufall war. Ich bin zwar kein Experte für Elefanten, aber die Panik kam nicht von irgendwo. Das war zielgerichtet. Warum wurde genau vor der Tribüne des Prinzregenten der Dampf abgelassen, als alle Tiere in einer Reihe vor den Majestäten und Ministern aufgereiht waren? Und vor allem: Was war das für eine Explosion auf der Tribüne? Ich bin mir ziemlich sicher, dass es kein Böllerschuss war. Der Lärm kam aus der entgegengesetzten Richtung, weit entfernt von den Schützen. Es war etwas anderes. Zudem konnte ich eine Druckwelle spüren. Für mich war es eine Detonation. Man stelle sich vor, was passiert wäre, wenn die Explosion vor Räumung der Hofloge stattgefunden hätte.«

Kurz sahen alle Anwesenden verstört auf Hiebler. Dann fing ein älterer Offizier, ein Major der Leibgarde des Prinzregenten, kopfschüttelnd zu kichern an.

»Junger Mann«, sagte er schmunzelnd, den Kopf zu Hiebler gewandt. »Im Gegensatz zu Ihnen habe ich in zwei Kriegen gekämpft. Ich weiß, was eine Explosion ist. Sie sollten mit dem Fantasieren aufhören. Wie der Herr Minister bereits erwähnte, war es zunächst die Sirene und dann ein Böllerschuss. Ein lauter Schuss, zugegebenermaßen, aber dennoch ein Schuss, nichts anderes.«

Hiebler war nun wütend. Er hasste es, wie ein Kind behandelt zu werden.

»Aber das können Sie doch gar nicht wissen, Herr Major«, erwiderte er. »Bei allem Respekt, aber Sie haben noch vor der Detonation die königliche Familie in die Theatinerkirche in Sicherheit bringen müssen. Da können Sie ja gar nicht richtig einordnen, ob es ein Schuss oder eine Explosion war.«

Der Major stand nun ebenfalls auf.

»Wollen Sie mir etwa vorwerfen, ich hätte besser nicht meine Pflicht tun und den Prinzregenten in Sicherheit bringen sollen? Das ist infam!«

»Nein, nur denke ich ...«

»Meine Herren!«, ging von Feilitzsch dazwischen, »Es reicht! Ich bitte Sie beide, sich zu setzen!«

Trotzig folgte Hiebler den Anweisungen des Ministers und nahm, begleitet von Unmutsäußerungen der vor ihm sitzenden Offiziere, wieder seinen Platz ein.

Der Mann neben ihm lächelte erneut, was Hieblers Laune nicht gerade besser machte.

»Gut!«, fuhr der Minister nach einer Weile fort. »Ich denke, dass nun jeder weiß, was die nächsten Schritte sind. Wir müssen die Schäden sortieren und sehen, wo und wann die Fehler begangen wurden, die solch eine Massenpanik ermöglichten. Wie bereits anfangs erwähnt: So etwas darf nie wieder passieren.«

Von Feilitzsch nickte kurz. »Ich bedanke mich bei Ihnen, meine Herren. Machen Sie sich an die Arbeit. In zwei Tagen möchte ich erneut Bericht erstattet bekommen. Ach und …«, er blickte jetzt in Richtung Hieblers und dessen Nachbarn, »Herr Assessor Hiebler, Hauptmann Krieger – Sie beide bleiben noch einen Augenblick. Wir haben etwas zu besprechen.«

Hiebler blickte verwundert.

»Jetzt bekommen die beiden Jungspunde und vor allem dieser dreiste Herr Assessor die verdiente Tracht Prügel«, sagte der Major zur Belustigung der anderen Offiziere und verließ gemeinsam mit ihnen den Saal.

Als die übrigen Teilnehmer der Versammlung sich entfernt hatten, winkte der Minister Hiebler und seinen Sitznachbarn nach vorne. Hiebler erwartete in etwa das, was ihm der Major prognostiziert hatte. Vielleicht war er doch etwas zu vorlaut gewesen?

Das Gegenteil trat ein.

Von Feilitzsch begrüßte beide mit einem freundlichen Lächeln. Die Schramme in seinem Gesicht und das fehlende Monokel ließen ihn weniger streng wirken. Hiebler kannte seinen obersten Vorgesetzten bisher nur von den beiden Treffen vor und nach seiner Dienstreise nach Würzburg, als er beauftragt wurde, den Tod an Jöns Lindahl, dem Erbauer des Würzburger Ringparks, zu untersuchen. In dem riesigen Büro, hinter einem schweren Pult sitzend, war der Minister fern und unerreichbar gewesen. Hier, in dem Besprechungsraum, ohne Monokel und Schreibtisch war es anders.

»Ich sehe, dass Sie sich nicht verändert haben, Hiebler«, begann der Minister. »Immer noch stur und auf der Wahrheit beharrend. Ihnen kann man scheinbar nichts vormachen. Das schätze ich an Ihnen.«

Hiebler machte verwirrt eine Verbeugung. »Vielen Dank, Exzellenz, ich wollte keine Unruhe verursachen, aber …«

»Und das mit dem Lindahl-Fall haben Sie gut gemacht, Hiebler! Obwohl es schon ein dreistes Stück ist, den eigenen Minister anzulügen!«, sagte von Feilitzsch scherzhaft.

Hiebler wurde zunächst bleich, dann rot im Gesicht. Sein Puls raste.

»Herr Minister, Exzellenz, ich … äh …«, begann Hiebler zu stammeln. »Wie? Sie wissen, dass …?«

»… dass der damalige Chef der Würzburger Gendarmerie Lindahl erschossen hat und sich anschließend den Weinberg runterstürzte, nachdem Sie nicht mit ihm kooperieren wollten? Natürlich weiß ich das – auch wenn in Ihrem Bericht etwas komplett anderes drinsteht. Mein lieber Herr Hiebler, der Tod eines Gendarmerie-Kommandanten wird schon genauer untersucht, auch wenn er sich den Weinberg runterstürzt. Vertrauen in die eigenen Mitarbeiter ist gut, Kontrolle ist besser. Wir haben nur über den Fernsprechapparat einen Oberwachtmeister vor Ort etwas in die Mangel nehmen müssen. Die Wahrheit lag rasch auf dem Tisch.«

Von Feilitzsch grinste jetzt schmallippig in Richtung des anderen Mannes, der das Lächeln wissend erwiderte.

Hiebler war schockiert. Er sucht einen Stuhl, auf den er sich hätte setzen können. Dann entschied er sich anders. Er machte eine tiefe Verbeugung. »Ich bin mir meiner Lüge und der Dokumentenfälschung bewusst, Herr Minister. Ich kann mich nur in aller Form entschuldigen und bin selbstverständlich bereit, alle persönlichen Konsequenzen zu tragen.«

Von Feilitzsch ließ ein heiseres Kichern raus. »Es ist gut, Hiebler. Seien Sie unbesorgt. Entre nous, Sie haben alles richtig gemacht. Durch Sturheit und Beharrlichkeit haben Sie einen Mordfall aufgeklärt. Durch taktisches Geschick haben Sie einen Skandal verhindert. Manchmal ist es besser, die Wahrheit zwar zu kennen, diese jedoch für sich zu behalten. Ein bayerischer Gendarm ermordet einen schwedischen Staatsbürger! Wenn das ans Licht gekommen wäre, hätte dies zu sehr unangenehmen diplomatischen Konsequenzen geführt. Und das in der heutigen Zeit, wo das Deutsche Reich auf jegliche Unterstützung befreundeter Nationen angewiesen ist.«

Hiebler konnte es immer noch nicht fassen. Erleichtert atmete er tief durch.

»Um es kurz zu machen«, fuhr von Feilitzsch fort. »Sie sind ein talentierter Assessor, Hiebler, müssen allerdings noch lernen, sich beizeiten im Zaum zu halten.«

»Jawohl, Herr Minister«, antwortete Hiebler. »Vielen Dank für das Vertrauen.«

Von Feilitzsch lächelte erneut schmallippig.

»So! Meine Herren«, sagte er schließlich. »Jetzt muss ich Sie allerdings alleine lassen und mich um die akuten Folgen dieses Desasters von vorhin kümmern.«

Er wandte sich an den anderen Mann. »Hauptmann Krieger, ich darf Sie bitten, den Herrn Assessor Hiebler einzuweihen.«

»Selbstverständlich, Herr Minister, das werde ich tun«, erwiderte Krieger grinsend.

»Gut, dann schlage ich vor, dass Sie beide sich in einer Viertelstunde in Hieblers Schreibzimmer unter dem Dach treffen. Einen entlegeneren Ort gibt es wohl im ganzen Ministerium nicht. Auf Wiedersehen, meine Herren!«, sagte von Feilitzsch und verließ den Raum.

Kapitel 3

Etwa eine Stunde später klopfte es an Hieblers Tür. Hauptmann Krieger kam zu dem vereinbarten Treffen. Er betrat den Raum, ohne Hieblers Aufforderung einzutreten abgewartet zu haben.

Krieger blickte sich um. »In so einer schäbigen Bude hat man Sie untergebracht?«, fragte er, ohne zu grüßen. »An einem heißen Sommertag muss es hier unter dem Dach doch schrecklich stickig sein?«

»Es geht. Man kann sich daran gewöhnen«, antwortete Hiebler. Er stand auf und räumte die Sitzfläche des Stuhls neben seinem Schreibtisch frei, die er als Ablage für Akten benutzt hatte. »Bitte, nehmen Sie Platz, Herr Hauptmann!«

Krieger setzte erneut sein breites Grinsen auf. »Krieger«, sagte er, »Iannis Krieger«, und reichte Hiebler die Hand. »Die Verspätung tut mir leid, aber der Minister wünschte doch noch mal eine kurze Unterredung mit mir.«

Hiebler erwiderte etwas verstört blickend den Gruß und setzte sich wieder auf seinen Schreibtischstuhl.

»Sie wundert mein Vorname Iannis?«, fuhr Krieger fort. »Denken Sie sich nichts, das geht jedem so. Wissen

Sie, ich habe eine griechische Mutter und bin selbst auch in Athen geboren – 1862 war das, kurz bevor meine Eltern König Otto nach Bayern folgten.«

Hiebler nickte.

»Sie kennen die Geschichte?«, fragte Krieger. »Die erzwungene Abdankung des Königs Anfang der 60er-Jahre?«

»Ein wenig«, antwortete Hiebler. »Das heißt, ich weiß natürlich, dass König Otto von Griechenland ein Mitglied der bayerischen Königsfamilie war und sich für das griechische Volk geopfert hat. Republikaner oder Sozialdemokraten haben ihn jedoch hinterhältig und mit Gewaltandrohung ins Exil geschickt.«

»Ja, so ähnlich war es. Gleich nach meiner Geburt floh die königliche Familie nach Bamberg. Mein Vater war zeit seines Lebens Kommandant in Ottos Leibgarde, und so kam es, dass meine Eltern, mein Bruder und ich Griechenland verlassen haben. Meine Eltern fühlten sich wohl in Bamberg. Und meine Mutter konnte sogar ihre Sprache weiter sprechen. Sie hatte ein sehr gutes Verhältnis zur Königin. Sie müssen wissen, dass der König und die Königin auch im Exil weiter gelegentlich Griechisch sprachen. Mein Bruder und ich sind somit als fränkische Griechen oder als griechische Franken groß geworden – je nachdem, wie man es sieht.«

»Ist Ihr Bruder auch Soldat?«

»Nein, Christos ist Ingenieur. Er ist vier Jahre älter als ich. Im Gegensatz zu mir war für ihn der Wegzug von Athen nach Bamberg aber immer eine Belastung gewesen.«

Krieger legte nachdenklich den Kopf in den Nacken.
»Sie sind Münchner?«, fragte er schließlich.
»Ja, so ist es!«, antwortete Hiebler. »In München geboren und aufgewachsen. Alle in der Familie – Vater, Mutter und meine Schwester – sind Münchner. Wir waren nie woanders und werden auch wohl nie woanders sein.«
Krieger lächelte erneut. Dann beugte er sich zu Hiebler vor.
»Nun genug der Familiengeschichten. Herr Hiebler, können Sie sich vorstellen, warum der Herr Minister wünscht, dass wir beide uns jetzt und hier treffen?«
»Ehrlich gesagt, nein, das kann ich nicht«, antwortete Hiebler. »Ich muss auch gestehen, dass ich Sie heute das erste Mal im Ministerium gesehen habe und zudem erstaunt bin, dass ein Hauptmann – so hatte Sie zumindest der Minister bezeichnet – in Zivil gekleidet an seiner Arbeitsstätte erscheint.«
»Sehr gut!«, fuhr Krieger amüsiert fort. »Das gefällt mir. Genauso soll es sein.«
Hiebler blickte verwirrt auf Krieger. Er wurde nicht schlau aus ihm. Hiebler rechnete, dass er Mitte 20 sein musste und somit etwa genauso alt wie er selbst. Das junge Alter, der militärische Rang, das Aussehen, der scheinbar enge Kontakt zu von Feilitzsch – das alles passte nicht zusammen.
Krieger lehnte sich wieder bequem in seinem Stuhl zurück.
»Wir dürften ungefähr gleich alt sein«, sagte jetzt Krieger, als ob er Hieblers Gedanken gelesen hätte. »Ich schlage vor, dass wir uns duzen.«

Er hielt seine rechte Hand hin. »Iannis, wie bereits erwähnt!«

Hiebler erwiderte etwas zögerlich den Händedruck. »Ich heiße Georg!«

»Wunderbar, Georg!«, fuhr Krieger fort und erhob sich. »Dann lass uns jetzt mal gemeinsam den Ort des Verbrechens begutachten.«

»Wie jetzt?«, fragte Hiebler verwirrt. »Welchen Ort des Verbrechens denn?«

»Na, hier schräg gegenüber. Die zerstörte Tribüne an der Ludwigstraße. Vielleicht gab es ja außer den Elefanten noch andere Täter. Das hast du doch selbst vorhin vermutet, oder täusche ich mich da?«

Hiebler war nun vollends sprachlos. Verwirrt schüttelte er den Kopf, stand auf und folgte Krieger.

»Äh, Iannis? Kannst du mir jetzt eigentlich sagen, wer oder was du bist, und warum ich dir hierher folgen soll?«, fragte Hiebler, als sie beide das Ministerium verlassen hatten und schräg den Odeonsplatz in Richtung der zerstörten Hofloge überquerten.

Die umherirrenden und jammernden Panikopfer waren inzwischen verschwunden. Es herrschte eine eigenartige Stille. Auf dem Boden lagen weiterhin Schuhe und Hüte als Hinterlassenschaften von Flucht und Panik.

»Das kann ich, da du ab sofort ebenfalls mit dabei bist – war zumindest die Order des Herrn Ministers«, antwortete Krieger und ging gemächlich weiter.

»Und? Wer bist du? Und wo, zum Teufel, soll ich jetzt auch mit dabei sein?«

Hiebler wurde langsam zornig.

Krieger sah sich um. »Schau dir dieses Chaos an!« Er kickte mit dem Fuß einen Hut zur Seite und hob einen Kinderschuh auf. »Ich hoffe, dem kleinen Besitzer davon geht es gut«, sagte er und warf den Schuh wieder auf den Boden.

»Iannis, du bist mir eine Erklärung schuldig«, insistierte Hiebler und blieb mitten auf der Straße stehen.

»Ja, das bin ich«, antwortete Krieger gelangweilt und blieb nun ebenfalls stehen. »Weißt du, Georg, es ist eigentlich ganz einfach. Ich gehöre einer kleinen Untereinheit des Königlich-Bayerischen Infanterie-Regiments an, die direkt dem Innenministerium unterstellt ist. Wir sind nur eine Handvoll. Unsere Aufgabe ist es, die Sicherheit des militärischen Hauptquartiers, der Regierung und des Prinzregenten einschließlich der königlichen Familie zu gewährleisten. Ich bin dem Nachrichtendienst unterstellt, Georg. Wir arbeiten im Geheimen. Daher die fehlende Uniform und das für dich etwas ungewöhnliche Erscheinungsbild. Der Minister möchte die Abteilung ausbauen und auch zivile Angestellte wie dich integrieren. Von Feilitzsch meinte, dass du keine persönlichen Bindungen hast, flexibel bist, gewissenhaft deine Aufgaben erfüllst und über die notwendige Beharrlichkeit verfügst. Also, herzlich willkommen in der Abteilung, Georg.«

»Wie, du bist für das Nachrichten-Bureau tätig?«, fragte Hiebler. »Ich wusste gar nicht, dass wir so etwas in Bayern haben.«

Krieger antwortete mit einem Lächeln und ging langsam weiter.

»Es sind instabile Zeiten, Georg«, fuhr er schließlich fort. »Auf den alten Kaiser Wilhelm wurden in den letzten zehn Jahren drei Attentate verübt. Zweimal wollte man ihn erschießen, einmal mit Dynamit in die Luft sprengen. Die Täter sind nicht wie früher Soldaten verfeindeter Armeen, es sind inzwischen radikalisierte Mitbürger – meistens Arbeiter oder Menschen aus den unteren Schichten. Vereinzelt finden sich jedoch auch gebildete Personen wie du und ich unter ihnen. In München im Übrigen genauso wie in Berlin.«

»Du meinst, dass Sozialdemokraten vorhaben, möglicherweise auch in München Attentate auf unseren Prinzregenten durchzuführen?«, fragte Hiebler fassungslos.

»Die Sozialdemokraten sind harmlos, Georg. Ich rede über Anarchisten! Und ja, es kann durchaus sein, dass es Planungen diverser Organisationen gibt, die in diese Richtung deuten.«

Stumm gingen sie beide weiter. Hiebler musste nachdenken. Anarchisten waren für ihn nur Figuren aus der Zeitung. Er kannte die Berichte aus Rom, Madrid, Paris oder Berlin. Natürlich wusste er auch von den Anschlägen auf Seine Majestät, den Kaiser. Aber der Gedanke, dass sich dergleichen auch in Bayern ereignen könnte, dass sogar ein Nachrichtendienst zur Bekämpfung staatsfeindlicher Umtriebe in München existierte, dieser Gedanke war ihm fremd.

»Und du denkst, dass das, was wir heute Mittag erlebt haben, auf das Konto von Anarchisten geht?«, fragte er schließlich Krieger.

»Das weiß ich nicht, Georg. Aber genau darum sind wir hier, um eben dies zu untersuchen«, antwortete er und blieb stehen. Sie waren mittlerweile bei der zerstörten Tribüne angekommen.

Vor den Trümmern stehend hielt Krieger seinen Kopf hoch und begann zu schnüffeln. »Riechst du etwas?«, fragte er.

Hiebler zog zweimal laut die Luft hoch. »Es riecht nach nichts. Vielleicht nach Elefantendung, würde ich sagen«, antwortete er.

»Stimmt«, erwiderte Krieger. »Wir Menschen sind nicht so gut im Riechen. Wie ist es mit Spüren und Hören? Was hast du wahrgenommen, als dieses Chaos ausbrach?«

»Ich stand etwa 50 Meter entfernt von hier, dort drüben«, sagte Hiebler und zeigte in Richtung stadtauswärts. »Zunächst gab es ein Gedränge, da jeder einen besseren Blick auf die Elefanten haben wollte. Dann habe ich das pfeifende Dampfventil gehört, die Kommandos der Soldaten und Dompteure sowie den Schuss oder die Explosion. Die Explosion habe ich auch als einen leichten Druck in der Magengrube gespürt. Kurz danach ging das Gekreische und Geschiebe los. Ich hatte Mühe, nicht von der drängelnden Masse mitgerissen zu werden.«

»Stimmt«, ergänzte Krieger erneut. »Ging mir ähnlich, nur dass mich die Detonation schon fast umgeblasen hat.«

Hiebler blickte auf Krieger. »Sag mal, wo bist du eigentlich gestanden, als das alles losging?«, fragte er.

»Na, genau hier«, antwortete Krieger. »Hier, vor der Tribüne.«

»Hier?«, fragte Hiebler. »Dann hätte ich dich doch sehen müssen.«

Krieger begann zu lächeln. »Du hast mich wahrscheinlich gesehen, nur habe ich mein Gesicht versteckt.«

Hiebler kräuselte die Stirn und blickte fragend auf Krieger.

»Ich war einer der beiden Fotografen. Hast du die nicht gesehen? Mein Kopf steckte die ganze Zeit hinter dem schwarzen Vorhang der Kamera.«

»Du warst das?«, staunte Hiebler. »Natürlich habe ich die Fotografen gesehen. Zwei Männer, die sich hinter ihren Holzkästen versteckten und pausenlos Bilder machten. Ihr wärt fast von den Elefanten niedergetrampelt worden.«

»War etwas knapp, das ist richtig«, sagte Krieger. »Womit wir nun aber auch beim Sehen, dem genausten menschlichen Sinn, angekommen wären. Ist dir sonst noch etwas aufgefallen, Georg? Denk genau nach. Was fiel dir ins Auge, was war ungewöhnlich oder anders?«

»Na, war nicht alles ungewöhnlich?«, erwiderte er. »Elefanten marschieren an dir vorbei und machen Kunststücke. Schließlich drehen die Tiere durch und mit ihnen die Menschen.«

Krieger musste lachen. »Schon richtig, aber vielleicht war da noch etwas, was dir auffiel, worüber du dir Gedanken machen musstest. Denk nach, Georg!«

Hiebler knetete mit Zeigefinger und Daumen seiner

rechten Hand die Unterlippe. Was war ungewöhnlich? Was war anders?

»Hm, ich weiß nicht«, sagte er schließlich. »Das Einzige, was mir etwas komisch vorkam, war eine Gruppe von Männern, die sich von der Menge unterschied, da sie nicht wie alle anderen festlich gekleidet waren. Zudem war es ungewöhnlich, dass die Männer aufbrachen, bevor der Zug zu Ende war. Als die Gruppe ging, meinte ich, eine Person wiedererkannt zu haben, der ich vor einigen Monaten in Würzburg begegnet bin. Ich dachte mir noch, dass dies unmöglich zutreffen kann, da ja wohl kaum jemand den weiten Weg nach München auf sich nimmt, um an dem Umzug teilzunehmen, und dann auch noch vor dem Ende aufbricht.«

Jetzt sah Krieger lange und nachdenklich auf Hiebler.

»Wo standen die Männer genau und wann sind sie gegangen?«, fragte er schließlich.

»Genau auf dieser Höhe, aber auf der anderen Straßenseite. Da vorne beim Reiterdenkmal«, antwortete Hiebler und zeigte auf die Statue Ludwig I.. »Gegangen sind sie kurz, bevor die Elefanten vorbeigezogen sind.«

Krieger blickte stumm in Richtung des Reiterdenkmals, dann drehte er sich um, ging auf die zerstörte Tribüne zu und inspizierte konzentriert die Trümmer. Er kletterte über ein paar zerborstene Bretter, bückte sich, hob ein paar Holzsplitter hoch und roch daran.

Hiebler hatte keine Erklärung für die seltsamen Verhaltensweisen Kriegers. Er war es mittlerweile auch leid, immer wie ein kleines Kind nachfragen zu müssen.

Schließlich kam Krieger wieder zu Hiebler zurück, wischte sich die Hände an seiner grauen Anzughose ab und lächelte. »Georg, es ist mir eine Freude, dich kennengelernt zu haben und mit dir zu arbeiten.«

Verdutzt nickte Hiebler. »Ebenso, Iannis, ebenso«, erwiderte er zögerlich.

»Ich schlage vor, dass wir uns in drei Stunden wieder bei dir in deiner Stube treffen. Bis dahin muss ich etwas erledigen. Einverstanden?«, fragte Krieger.

»Einverstanden«, antwortete Hiebler verwirrt.

»Ach, und Georg?«, fuhr Krieger fort, »Sei doch so nett und statte währenddessen der Gendarmerie einen Besuch ab. Wir brauchen Einblick in die Vernehmungsprotokolle des Fahrers der Straßenlokomotive sowie des Besitzers der Elefanten, dieses Herrn Haberbach aus Hamburg. Beide sollten mittlerweile ja vernommen worden sein.«

»Du meinst Hagenbeck«, ergänzte Hiebler. »Ja, mach ich. Ich kümmere mich darum!«

Krieger lächelte erneut und ging wieder zurück ins Ministerium.

Hiebler blieb noch eine Weile nachdenklich stehen. Dann schüttelte er den Kopf und lief in entgegengesetzter Richtung die Ludwigstraße hinab zur Bezirksstelle der Gendarmerie.

Kapitel 4

NACHDEM SICH HIEBLER als Mitarbeiter des Innenministeriums in der Bezirksstelle ausgewiesen hatte, händigte ihm ein junger Gendarm die gewünschten Vernehmungsprotokolle aus. Hiebler suchte sich einen Tisch mit Stuhl. Er ließ sich ein leeres Blatt Papier geben, um sich Notizen zu machen. Dann las er die Protokolle.

Die Vernehmung des Zirkusdirektors und Eigentümers der Elefanten, Carl Hagenbeck, ließ sich rasch zusammenfassen. Laut dessen Auskunft hatten die Tiere eine lange und anstrengende Zugfahrt von Hamburg nach München hinter sich. Sie waren müde. Geführt von ihren Tierpflegern wanderten sie wie Schafe durch die Straßen. Zuvor hatte man ihnen ausreichend zu fressen gegeben. Die Elefanten waren dergleichen Umzüge gewöhnt und wären auch mit den lauten Geräuschen des Publikums zurechtgekommen. Hagenbeck nahm an, dass die Tiere gegen Ende des Zuges durstig und müde waren, was ihre Schreckhaftigkeit auf das kreischende Ventil der Straßenlokomotive erklärte. Am Ende des Vernehmungsprotokolls wurde erwähnt, dass Hagenbeck sehr betroffen von dem Ereignis sei und sich selbst aufgrund des Missverhaltens seiner Tiere große Vorwürfe machen würde. Er bedauerte die Zerstörungen, die Verletzungen der Passanten sowie den Verlust seines Elefantenbullens. Am Ende des Protokolls vermerkte der vernehmende Gendarm, dass ein Vorsatz Hagenbecks in der Planung oder Ausübung einer Straftat nicht vermutet wird.

Ähnliches ergab die Vernehmung des Fahrers der Straßenlokomotive. Er war ein 21 Jahre alter Student der Ingenieurwissenschaften, der nebenberuflich zu besonderen Anlässen die Straßenlokomotive fuhr. Die Maschine war eine Leihgabe der Technischen Universität München an den *Verein der Kauf- und Handelsleute*. Der Fahrer berichtete, dass es während des gesamten Zugs keinerlei Probleme mit den Elefanten gegeben habe. Die Tiere hätten sich an das Tuckern der Dampfmaschine gewöhnt gehabt. Als zum Ende das Defilee vor der Hofloge anstand, wollte er seine Maschine ebenfalls präsentieren. Er dachte an eine gemeinsame Fanfare der Lokomotive mit den Elefanten und wollte daher sein Ventil mittröten lassen. Dass dabei auch heißer Dampf entweicht und die Tiere erschreckt werden könnten, hatte er nicht bedacht. Er würde sich nun schreckliche Vorwürfe machen. Der junge Mann schwor mehrmals, dies alles unbedacht und ohne Absicht gemacht zu haben. Auch hier schloss der protokollierende Gendarm eine vorsätzliche Handlung aus.

Nachdem sich Hiebler die wesentlichen Inhalte der beiden Protokolle notiert hatte, faltete er das Papier zusammen und steckte den Zettel in die Innentasche seine Jacketts. Anschließend warf er einen Blick auf die Uhr. Es waren anderthalb Stunden bis zu dem Treffen mit Iannis – Zeit genug, um sich in seinem Zimmer in der Luisenstraße frisch zu machen.

In seinem Untermietzimmer angekommen, legte er Jacke, Schlips und Kragen ab. Nie zuvor war er an einem regulären Arbeitstag zu dieser Zeit zu Hause gewesen. Die Atmosphäre war seltsam ruhig und ungewohnt. Hiebler stellte sich vor den Waschschrank, goss Wasser in die Waschschüssel und spritzte sich anschließend reichlich davon ins Gesicht. Er betrachtete sich im Spiegel und fand, dass er etwas derangiert aussah. Er trocknete sich mit einem Handtuch ab, nahm schwarze Haarwichse aus einer kleinen Blechdose, verteilte diese auf einem Kamm und scheitelte sorgfältig Haupthaar und Schnurrbart. Nachdem wieder Ordnung im Gesicht hergestellt war, betrachtete er sich weiter im Spiegel und sinnierte kurz über die Ereignisse der letzten Stunden.

Von Feilitzsch hat mich einer Lüge überführt, dachte er sich. Er wusste, dass mein Bericht über die Ereignisse in Würzburg wissentlich gefälscht war – und dennoch werde ich nicht bestraft? Im Gegenteil – es scheint, als ob er mich deswegen sogar befördert. Was für eine verrückte Welt! Und jetzt? Mitarbeiter im Nachrichten-Bureau? Es gibt einen Geheimdienst im Königreich Bayern, und ich soll ein Teil dessen werden. Möchte ich das überhaupt? War mir die Schreibtischarbeit, das Abarbeiten von vermeintlich sinnfreien Akten nicht immer recht und lieb? Als ich das letzte Mal vom Minister aus meiner

Schreibstube direkt nach Würzburg geschickt wurde, hat mir das Schmerzen verursacht. Mir wurde fast der Kopf eingeschlagen und hätte mich Friedhelm Deschel nicht in letzter Minute gerettet, wäre ich von Siebler wohl erschossen worden. Andererseits ... andererseits sollte ich mich doch freuen, vom Minister gefördert zu werden und die Karriereleiter hochklettern zu dürfen. War dies nicht immer mein Ziel, als ich nach dem Studium Assessor wurde? Wie sagte dieser Iannis: Ich habe keine persönlichen Bindungen, bin flexibel und erfülle gewissenhaft meine Aufgaben. Das stimmt! Und nun wird sich zeigen, welche neuen Herausforderungen auf mich warten.

Hiebler lächelte sein eigenes Spiegelbild an. Dann holte er aus seinem Schrank einen frischen Kragen, legte sich diesen um, band den Schlips, zog sich sein Jackett wieder an und verließ das Zimmer.

Auf dem Weg ins Ministerium ging er an vereinzelt immer noch ratlos umherirrenden Menschen vorbei. Trotz des Dramas, welches sich erst wenige Stunden vorher abgespielt hatte, schien Hiebler guter Laune zu sein.

Krieger kam pünktlich. Wie einige Stunden zuvor, betrat er erneut, ohne hereingebeten worden zu sein, Hieblers Zimmer.

»Hallo, Iannis!«, sagte Hiebler, dieses Mal weniger überrascht.

»Hallo, Georg!«, erwiderte Krieger. »Was stand in den Vernehmungsprotokollen?«

»Nicht mehr, als uns zuvor schon während der Sitzung erklärt wurde. Hagenbeck und der Führer der Lokomotive scheinen beide ohne Vorsatz gehandelt zu haben. Ich denke auch, dass es aktuell wenig sinnvoll ist, die Vernehmungen zu wiederholen.«

Krieger nickte lächelnd. »Das glaube ich auch. Wir sollten uns lieber auf andere, wichtigere Aspekte der Ereignisse heute Mittag konzentrieren.«

Er blickte versonnen auf Hiebler. »Komm mit, Georg«, forderte er den Assessor auf. »Ich muss dir etwas zeigen.«

Hiebler nickte, zog seine Jacke über und folgte Krieger.

Sie gingen schweigend die Treppen vom vierten Stock bis in den Keller hinunter. Anschließend liefen sie durch einen schier nicht enden wollenden Gang, bis sie am Ende des Flurs vor einer Tür standen. Daran war ein Emaille-Schild mit der Aufschrift »Technik« montiert.

»Hier arbeitet das Nachrichten-Bureau, Georg«, sagte Krieger. »Wir bevorzugen es, im Stillen zu wirken. Wenn sich jemand bis hierher verläuft, denkt er, dass es der Bereich für den Hausmeister ist.«

Krieger kramte aus seiner Hosentasche einen Schlüssel hervor. Er schloss die Tür auf und öffnete diese mit einem lauten Quietschen. »Bitte eintreten«, sagte er lächelnd.

Hiebler betrat ein geräumiges Zimmer. Obwohl sie im Untergeschoss waren, drang durch milchig getönte

Lichtkuppeln an der Decke helles Tageslicht ein. Verteilt im Raum standen vier Mahagonischreibtische mit schwarzen Lederstühlen.

»Warum arbeitet da niemand?«, fragte Hiebler.

»Unsere Kollegen arbeiten sehr wohl, nur nicht gerade hier in der Zentrale«, antwortete Krieger.

Hiebler nickte versonnen. Er sah sich weiter um. Die Wände des Zimmers waren vollständig mit Regalen zugestellt, in denen Hunderte von Büchern und Akten ordentlich aufgereiht waren. Die Atmosphäre ähnelte eher dem Leseraum der Bibliothek der *Bayerischen Akademie der Wissenschaften* und weniger einem Büro im Ministerium. In einer Ecke des Zimmers war ein etwa 30 Zentimeter großer rechteckiger Holzkasten montiert. An dem Kasten war eine kleine Handkurbel befestigt. Zudem hing an einem Haken ein mit einem ledernen Griff versehener keulenförmiger Stab, von dessen Ende ein schwarzes Kabel in den Holzkasten führte.

»Ist das ein Fernsprecher?«, fragte Hiebler fassungslos.

Krieger nickte. »Ja, das ist ein *Siemens*-Telefonapparat. Es gibt zwei davon im ganzen Ministerium. Einer steht seit sechs Monaten im Büro des Ministers, der andere ist seit knapp einem Jahr hier bei uns«, antwortete er stolz.

»Das kostet doch ein Vermögen!«, hakte Hiebler nach.

»Mag sein«, antwortete Krieger. »Aber für uns ist solch moderne Technik wichtig. Dadurch sind wir schneller und ungebundener.«

Hiebler schüttelte ungläubig den Kopf. »Dann wart ihr hier unten wahrscheinlich auch die Ersten, die mit elektrischem Strom versorgt wurden?«

Krieger nickte mit einem stummen Lächeln.

Hiebler sah sich weiter um. Am Ende des Raums führte eine Tür in ein anderes Zimmer. Oberhalb des Türrahmens hing eine rote Glühbirne. Er näherte sich der Tür.

»Und was ist das?«, fragte er Krieger.

»Das ist das Fotolabor«, antwortete dieser. »Dort gehen wir jetzt rein. Wenn die Lampe über der Türe leuchtet, ist der Zutritt strengstens verboten. Die Bildplatten sind jedoch zwischenzeitlich entwickelt. Wir dürfen daher eintreten. Das war übrigens meine Beschäftigung heute Nachmittag – die Entwicklung der Bilder von dem Umzug.«

Krieger ging an Hiebler vorbei und öffnete die Tür. In dem Raum war es stockfinster. Neben der Tür knipste er einen Lichtschalter an. Zunächst erstrahlte nur rotes Licht. Dann betätigte er einen weiteren Schalter direkt daneben, und der Raum wurde von drei Glühbirnen hell erleuchtet.

Über einem Waschbecken hingen an einer Wäscheleine etwa zehn Fotos.

»Wir arbeiten hier mit der modernsten Technik«, begann Krieger stolz. »Dreieinviertel mal viereinviertel Zoll Trockenplatten von *Agfa* zur Aufnahme und anschließend Barytpapier für die Abzüge.«

Vorsichtig löste er die Fotos von der Leine und legte sie übereinander. Dann drehte er sich mit dem Stapel in der Hand zu einem Arbeitstisch auf der anderen Seite des Raums um und knipste eine hell leuchtende Schreibtischlampe an. Er verteilte die Abzüge einzeln auf dem Tisch und griff sich eine Lupe.

»Komm, Georg«, sagte er auffordernd zu Hiebler. »Jetzt sehen wir uns mal an, ob wir etwas Auffälliges auf den Bildern erkennen können.«

Bedächtig näherte sich Hiebler dem Tisch. Er war fasziniert von der Technik und den Möglichkeiten in den geheimen Räumen im Keller des Ministeriums. Hiebler sah auf die Abzüge und musste sofort an das Bild des erschossenen Lindahls in Würzburg denken, welches ihn letztendlich auch auf die richtige Spur bei der Aufklärung des Falls brachte. »Fertigt ihr auch Tatortfotografien an?«, fragte er Krieger.

»Ich immer, soweit es möglich ist«, antwortete Krieger, ohne sich von den Fotos abzuwenden. »Die Münchner Gendarmerie weigert sich jedoch, von Tatorten systematisch Bilder anzufertigen, obwohl es sicherlich hilfreich für die Aufklärung des einen oder anderen Verbrechens wäre. Schrecklich«, murmelte er vor sich hin, »die arbeiten grundlos mit Methoden aus der Steinzeit.«

Er blickte jetzt auf Hiebler. »Du hast Major Eckel ja gesehen, oder? Den fetten Chef der Münchner Gendarmerie? Absolut unfähig, der Mann, und definitiv nicht kooperativ. Er hat was gegen uns Nachrichtendienstler und wahrscheinlich gegen alle, die nicht wie er im letzten Jahrhundert verankert sind. Wissenschaft und Forschung existieren für Eckel nicht. Er verweigert sich neuen Erkenntnissen, will sie um keinen Preis wahrhaben und lebt dafür lieber weiter in seiner einfachen und gottgegebenen Welt der Vergangenheit.«

Krieger wandte sich wieder den Fotos zu. »Aber was soll's? Früher oder später wird auch die Münchner Gendarmerie verstehen, dass die Zeit nicht stehen bleibt. Bis dahin müssen wir uns eben selbst helfen.«

Hiebler nickte und stellte sich schweigend neben Krieger. Systematisch schaute er sich jetzt ein Bild nach dem anderen an. Er war fasziniert von der Schärfe und der Detailgenauigkeit der Abbildungen. Hiebler sah mehrere Fotos der Königsfamilie auf der Tribüne. Der Prinzregent Luitpold in der Mitte, um ihn herum der Thronfolger Prinz Ludwig, dessen Frau Marie Therese, die anderen Söhne des Prinzregenten, Leopold und Arnulf, seine Tochter Therese sowie eine Schar Kinder – allesamt Wittelsbacher-Sprösslinge. Weiterhin gab es Abbildungen von der an der Straße stehenden Menschenmenge, vom Durchzug einiger Spielmannszüge, sowie Bilder der in Reih und Glied marschierenden Elefanten. Ein Foto zeigte die Tiere aufgereiht für das Defilee vor der Hofloge.

Hiebler zeigte auf dieses Bild. »Das muss kurz vor dem Ausbruch der Tiere aufgenommen worden sein.«

»Richtig«, erwiderte Krieger. »Das ist das letzte Bild, welches ich machen konnte. Danach brach das Chaos aus. Fotografieren war dann nicht mehr möglich. Ich war froh, dass ich die Kamera in Sicherheit bringen konnte.«

Hiebler nickte stumm. Ein anderes Bild beschäftigte ihn jetzt. Es zeigte die Menschenansammlung gegenüber der Tribüne des Prinzregenten. Hiebler erkannte auf der Fotografie das Reiterdenkmal König Ludwig I. wieder. Er beugte sich vor, um die Details besser sehen zu können. Krieger beobachtete ihn dabei.

»Hast du etwas entdeckt?«, fragte er Hiebler.

»Hm, ich weiß nicht«, antwortete dieser und beugte sich noch weiter vor.

»Hier, nimm die Lupe«, sagte Krieger.

Hiebler nahm das Vergrößerungsglas wortlos entgegen und fokussierte seinen Blick auf einige vor dem Reiterdenkmal stehende Personen.

»Er ist es tatsächlich«, murmelte er schließlich vor sich hin.

»Du meinst den großen, kräftigen Mann vor dem Denkmal, oder? Du kennst Ernst Kramer, Georg?«, fragte Krieger verwundert.

»Nein, nicht den großen Mann«, erwiderte Hiebler, der weiter durch die Lupe auf das Bild starrte. »Den kleinen dicken Mann, daneben – den kenn ich. Er ist es also doch. Das muss er sein. Das ist Severin Knoll – ein Fotograf aus Würzburg!«

»Aus Würzburg?«, wunderte sich Krieger. »Der kleine Mann neben Kramer kommt aus Würzburg?«

»Ja! Definitiv«, antwortete Hiebler. »Ich habe dir doch vorhin gesagt, dass mir die Gruppe Männer auffiel und mir einer davon bekannt vorkam. Jetzt bin ich mir sicher, dass es Knoll ist. Severin Knoll, Hoffotograf, Geisterfotograf und Tatortfotograf für die Würzburger Gendarmerie.«

Krieger blickte lange nachdenklich zuerst auf das Foto und anschließend auf Hiebler.

»Ein Würzburger Fotograf kommt nach München zur Centenarfeier. Er gesellt sich zu einem dem Nachrichtendienst bestens bekannten Anarchisten. Beide verschwinden jedoch gemeinsam, kurz, bevor es zu einer Explosion unter der Tribüne des Prinzregenten kommt«, murmelte Krieger und dachte weiter nach.

»Hast du Hunger?«, fragte er schließlich.

»Ja!«, antwortete Hiebler.

»Dann lass uns gehen«, sagte Krieger grinsend. »Heute Abend essen wir in der Au!«

»Und warum gerade dort?«, fragte Hiebler. »Warum in der Au, wo die Straßen und Häuser so schmutzig sind wie die Tagelöhner, die in diesen Baracken hausen? Wo es schlicht und einfach stinkt? Können wir uns nichts Besseres leisten?«

»Ich denke schon«, antwortete Krieger. »Nur sollten wir jemandem einen Besuch abstatten. Wir müssen uns mit Kramer unterhalten – und den finden wir eben in der Au.«

Hiebler zuckte mit den Achseln. Der Tag hatte bisher schon genug merkwürdige Ereignisse geboten. Er wunderte sich inzwischen über gar nichts mehr.

Sie verließen das Ministerium, lockerten ihren Kragen und warfen sich leger die Jacke über die Schulter. Das mittäglich noch trübe Wetter hatte sich geändert. Ein lauer und angenehmer Sommerabend kündigte sich an.

Kapitel 5

DAS ZIEL DER BEIDEN war ein kleines Wirtshaus in der Lilienstraße. Der Weg durch die Münchner Innenstadt dauerte etwa 20 Minuten. Krieger nutzte die Zeit, um Hiebler den Grund ihres Ausflugs in die Au zu erklären.

»Wir haben in ganz Bayern etwa 100 dem Anarchismus zugewandte Personen, in München sind es um die 30. Es gibt mehrere im Untergrund arbeitende Gruppen, und derjenige, der am stärksten in einer Anarchistenzelle engagiert ist, ist zweifelsohne Ernst Kramer. Er ist schon lange auf unserer Liste verdächtiger Personen. Kramer ist gelernter Maurer. Er war früher Sozialdemokrat und in der Arbeiterbewegung aktiv. Spätestens mit dem Sozialistengesetz 1878 wurde er zum Anarchisten. Typen wie Kramer geht es mittlerweile nicht mehr um Antikapitalismus, sondern um Anti-Staatlichkeit. Er ist der typische bayerische Arbeiter-Anarchist, der Spaß am Aufwiegeln hat und einen tiefen Hass gegen sämtliche staatliche Institutionen verspürt. Kramers Vater war bereits in der Arbeiterbewegung aktiv. Wir haben die ganze Familie daher unter ständiger Beobachtung. Sein Sohn sitzt im Übrigen wegen Verstoßes gegen das Sozialistengesetz in Kerkerhaft.«

»Wenn ihr aber doch wisst, dass er Anarchist ist, warum wird er dann nicht ebenfalls eingesperrt, statt ihn nur zu beobachten?«, fragte Hiebler.

»Kramer ist zwar in der Führungsriege einer Münchner Gruppe, ihn jetzt jedoch zu verhaften, würde nur bedeuten, ein Glied aus der Kette herauszubrechen. Das Loch würde schnell wieder geschlossen werden. Kriminelle Aktionen werden dadurch allenfalls verschoben, aber nicht aufgehoben. Uns geht es darum, das gesamte Netz zu zerstören. Wir müssen herausbekommen, wer die Hintermänner sind. Wer zieht die Fäden? Wer plant mögliche Attentate? Wer organisiert Waffen und Sprengstoff? Kramer ist sicher gefährlich, aber unterm Strich ist er doch nur einer aus dem Lumpenproletariat der Vagabunden, Prostituierten und Kriminellen. Viel gefährlicher sind diejenigen, die den Kramers sagen, was sie machen sollen. Was mir daher Sorgen macht, ist dieser Knoll aus Würzburg, den du auf der Fotografie erkannt hast. Dessen Rolle in Zusammenhang mit den Ereignissen heute Mittag gilt es zu klären.«

»Du meinst, dass Knoll ein Anarchist ist?«, fragte Hiebler. »Dass er möglicherweise sogar ein Attentat auf den Prinzregenten plante?«

»Es sind die Unscheinbaren, welche plötzlich auftauchen und deren Namen auf keiner Liste stehen. Um die müssen wir uns mehr den Kopf zerbrechen als um die lauten Querköpfe wie Kramer«, antwortete Krieger.

»Aber Knoll mit Anarchismus oder sogar mit der Organisation eines Attentats in Verbindung zu bringen, scheint mir doch sehr weit hergeholt«, erwiderte

Hiebler kopfschüttelnd. »Knoll ist ein kleiner, vielleicht etwas gerissener Fotograf, aber kein Gewaltverbrecher. Iannis, ich kenne Knoll.«

»Du sagst, du kennst ihn? Kennst du dann auch seine politische Gesinnung? Weißt du, mit wem er sich am Abend trifft? Wen er hasst? Wen er liebt? Was er denkt?«

»Nein, natürlich nicht. Es erscheint mir nur sehr unwahrscheinlich, dass ...«, erwiderte Hiebler.

»Genau aus diesem Grund müssen wir der Spur nachgehen, Georg!«, unterbrach ihn Krieger. »Wie gesagt, im Unscheinbaren liegt oft die Gefahr. Würzburg war bisher nicht auf der Landkarte der bayerischen Anarchisten vertreten. Wir haben Informationen über Zellen in Schweinfurt, Nürnberg und Fürth, aber sicher nicht in Würzburg – zumindest bisher nicht.«

Nachdenklich gingen sie nebeneinander weiter, bis sie an die Isar kamen und über die Ludwigsbrücke marschierten. Auf der Mitte der Brücke blieb Hiebler plötzlich stehen. »Iannis, eine Sache ist mir noch nicht klar«, begann er. »Wenn Knoll tatsächlich ein Anarchist sein sollte und sogar mit der Planung eines Attentats auf den Prinzregenten vertraut war, warum kommt er dann nach München? Wieso lässt er das nicht Kramer und die anderen Männer erledigen und beobachtet alles von der Ferne aus?«

»Das Attentat von heute war dilettantisch«, antwortete Krieger. »Auch wenn die königliche Familie nicht schon vor der Explosion aufgrund der wild gewordenen Elefanten in Sicherheit gebracht worden wäre, hätte die

Bombe – oder was immer es war – niemals gereicht, um den Prinzregenten ernsthaft zu gefährden. Eine leichte Verletzung Seiner Majestät wäre denkbar gewesen, der Tod sehr unwahrscheinlich. Die Sprengkraft war meiner Meinung nach zu gering. Vielleicht wollte Knoll daher Erfahrungen sammeln.«

»Was meinst du denn damit?«, fragte Hiebler.

»Naja, vielleicht war es eine Art Testlauf für ein noch größeres Verbrechen. Offensichtlich ist auf jeden Fall, dass das bisschen Dynamit, welches benutzt wurde, nicht ausreicht, um den erhofften Schaden auszurichten. Er wollte sich die eigentliche Bombe für einen Zeitpunkt aufheben, wo er sicherer sein kann, dass die erwünschte Wirkung auch tatsächlich eintritt, verstehst du? Er wird aus dem heutigen Tag seine Lehren ziehen. Und vielleicht ist dieses nächste Mal dann woanders, außerhalb Münchens, etwa in Würzburg.«

»Du meinst, dass Knoll in Würzburg ein Attentat plant?«

»Wer weiß, Georg. Wir sind auf jeden Fall verpflichtet, der Sache nachzugehen.«

»Der kleine Herr Knoll, Würzburger Hoffotograf und Vetter des Hauptwachtmeisters Deschel, soll ein Bombenbauer und Anarchist sein? Unvorstellbar ...«, murmelte Hiebler vor sich hin, schüttelte den Kopf und ging weiter.

Nachdem sie die Isar überquert hatten, bogen Krieger und Hiebler rechts in die Lilienstraße ab. Obwohl die Au eigentlich nur einen Steinwurf von der Münchner

Innenstadt entfernt war, war hier doch vieles anders. Statt weiträumiger Straßen gesäumt von mehrstöckigen Häusern aus Ziegelsteinen oder Sandstein, gab es hier schmutzig-lehmige Gassen mit kleinen, finsteren Holzhäusern. Davor stapelte sich Müll, der von Hunden durchwühlt wurde. Die Notdurft der Bewohner floss zwischen den Häusern träge in Rinnsalen, die sich in dem nahen Auer Mühlbach sammelten. Der Gestank jetzt im Sommer war grauenvoll. Vor den Holzbaracken standen Menschen mit schmutzigen Gesichtern und starrten Krieger und Hiebler staunend an. Blicke und Gesten einiger Damen signalisierten, dass gegen ein gewisses Entgelt deren körperliche Zuneigung durchaus zu erwerben sei. Unbewusst forcierten die beiden ihre Gehgeschwindigkeit und versuchten, rasch ihr Ziel am Ende der Straße zu erreichen. An einer Wegkreuzung stand ein unscheinbares Wirtshaus mit einem Garten, der dicht mit Tischen und Stühlen bestückt war. An den Tischen saßen unter Kastanienbäumen ausschließlich Männer, die grölend aus großen Krügen Bier tranken.

»Hier sind wir!«, sagte Krieger und betrat den Wirtsgarten.

Hiebler blickte sich um. An einem der großen Tische erkannte er sofort Kramer in einer Gruppe von sechs Männern sitzen. Einige der Gesichter waren ihm von der Fotografie bekannt. Knoll sah er jedoch nicht. Kramer hatte ihnen den Rücken zugewandt. Er schwadronierte laut und schien die beiden Fremden nicht wahrzunehmen.

»Iannis, dort«, flüsterte Hiebler und zeigte auf Kramer.

»Schon gesehen«, erwiderte dieser und setzte sich an einen kleineren Tisch mit etwa fünf Metern Abstand zu der Gruppe um Kramer. »Um den kümmern wir uns gleich.«
Hiebler nickte und setzte sich ebenfalls.

Die beiden Anzugträger erregten Aufmerksamkeit. Kaum, dass sie Platz genommen hatten, kam der Wirt, ein stämmiger Mann mit langer Schürze, zu ihnen. Er schwitzte stark und wischte sich ständig mit dem rechten Handrücken den Schweiß von der Stirn.

»Was gibt's zu essen?«, begann Krieger, ohne darauf zu warten, vom Wirt angesprochen zu werden.

»Schweinskopfsülze mit Bratkartoffeln«, antwortete der Wirt.

»Na, wunderbar«, erwiderte Krieger. »Dann nehmen wir das und zwei Märzen dazu – oder was meinst du, Georg?«

Hiebler nickte.

Der Wirt blickte müde auf Hiebler. Dann nickte er ebenfalls einmal und drehte sich wieder um.

»Ach, und Herr Wirt!«, rief ihm Krieger hinterher. Er sprach jetzt lauter als notwendig, sodass auch die anderen Gäste im Biergarten ihn hören konnten. »Wir haben uns verstanden, oder? Richtiges Bier! Nicht dieses billige Dünnbier, was am Nachbartisch getrunken wird!«

Kaum hatte Krieger dies gesprochen, drehten sich alle Gäste zu ihm hin.

Der Wirt nickte erneut und ging ins Haus.

»Schau an, schau an«, sagte plötzlich Kramer. Er drehte sich um, blickte auf Krieger und Hiebler und stand auf. »Der Herr Gendarm, oder was auch immer er sein mag. Und Verstärkung hat er auch mitgebracht. Zwei Bürscherl in Zivil trauen sich, unsere Wirtschaft in der Au zu besuchen. Aber nicht nur das: Prahlen tun sie, dass sie sich besseres Bier leisten können. Ich glaub, die zwei machen sich gerade richtig beliebt bei uns.«

Kramer ging langsam auf Krieger und Hiebler zu. Er war groß mit muskulösem Oberkörper und trug schmutzige Arbeitskleidung, hatte einen langen blonden Schnurrbart und lichtes Haar. Um die Augen und den Mund hatte er tiefe Falten. Stirn, Hals und Wangen waren sonnengebräunt. Der Kontrast zu den beiden Herren aus dem Ministerium in ihren Anzügen und den glatten, jugendlichen Gesichtern war offensichtlich.

»Habt ihr euch verlaufen?«, fragte er ironisch. Er sprach mit starkem bayerischem Dialekt. »Hat euch die Mama ausgesetzt? Seid ihr überhaupt schon alt genug, um ein Bier trinken zu dürfen? Oder muss ich gar die Gendarmerie holen?«

Kramer stützte die Hände auf dem Tisch der beiden ab und beugte sich zu ihnen vor. Seine Freunde am Nachbartisch kicherten.

»Eigentlich sind wir zufällig hier in der Gegend, Herr Kramer«, erwiderte Krieger gelassen. »Sie müssen wissen, dass wir gerade Ihren Sohn im Kerker besucht haben. Es geht ihm gar nicht gut. Der Bub hat Sehnsucht nach seiner Familie. Auch beklagt er sich über das unbequeme Bett und die kärgliche Kost.«

Nach Kriegers Worten wurde Kramer bleich im Gesicht. Das sarkastische Lächeln verwandelte sich schlagartig zu einer hasserfüllten Grimasse. Mit Zornesfalten auf der Stirn beugte er sich weiter vor zu Krieger.

»Red' du noch einmal über meinen Buben in dem Ton, und ich vergesse mich!«, zischte er hasserfüllt. »Hast du das verstanden? Egal, ob Gendarm oder nicht!«

»Ist ja gut, Kramer«, beschwichtigte ihn Krieger. »Setzen Sie sich doch zu uns! Der Herr Assessor Hiebler und ich, wir würden uns gerne mit Ihnen unterhalten. Sie sind unser Gast!«

Kramer musterte Krieger. Schließlich nahm er sich einen freien Stuhl und setzte sich zu den beiden an den Tisch.

»Assessor?«, brummte Kramer und starrte Hiebler an. »Was soll das denn sein?«

Hiebler wollte gerade antworten, als der Wirt ihnen Essen und Trinken auf den Tisch stellte.

»Danke!«, sagte Krieger. »Und sind Sie doch so nett und bringen Herrn Kramer ebenfalls ein Märzenbier.«

Der Wirt nickte und ging wieder.

Hiebler setzte erneut zur Antwort an: »Ein Assessor ist ein Beamter des höheren …«

»Ist mir wurscht, was du bist!«, unterbrach ihn Kramer. »Für mich bist du ein Gendarm ohne Uniform – eine feige Kanaille!« Er blickte zornig auf Hiebler, der sich reflexartig zurücklehnte. Kramers Statur, Sprache und Blick waren furchteinflößend.

Krieger beobachtete die Szene lächelnd.

»Du musst wissen, Georg, dass Herr Kramer und ich uns schon einige Male begegnet sind. Wir kennen uns, obwohl wir nicht gerade das beste Verhältnis zueinander haben, seitdem ich seinen Sohn verhaften musste«, sagte er zu Hiebler.

»Eine Sauerei ist das! Und du, Krieger, weißt das! Dem Buben seine Zukunft versauen, wo er nichts, rein gar nichts angestellt hat«, schimpfte Kramer.

»Er hat an der Veranstaltung einer unerlaubten Organisation teilgenommen. Und das ist nun mal gegen das Gesetz. Ihr Sohn wusste das«, entgegnete Krieger.

»Gegen das Gesetz soll das sein? Sich mit Gleichgesinnten zu treffen und über Gott und die Welt zu politisieren? Wem soll das denn schaden? Das ist lächerlich«, sagte Kramer. »Bloß weil dem Herrn Bismarck die Sozis nicht taugen. Solche Gesetze zu beschließen und ein Parteienverbot auszusprechen, ist herrschaftliche Willkür – nichts anderes. Früher war man noch ein stolzer Bayer. Mein Vater war Sozi und hat für Bayern gekämpft. Im Krieg 1866 gegen die Preußen. Und jetzt?« Kramer redete sich in Rage. »Jetzt sind wir Bayern die Handlanger für die Preußen. Eine Schande ist das! Ohne Stolz, ohne Vaterlandsliebe, ohne Verstand wird regiert. Und ihr zwei Deppen? Nicht nur, dass ihr euch das alles gefallen lasst – nein, es macht euch sogar noch Spaß, die Lakaien des Kaisers in Berlin zu sein. Schämt's euch!«

»Kramer, es reicht jetzt!«, ging Krieger dazwischen.

Hiebler beobachtete schweigend das Geschehen und aß sein Abendessen. Es war für ihn nicht nachvollziehbar, dass jemand ein stolzer Bayer, aber gleichzeitig gegen die Obrigkeit sein konnte. Dass die Sozialisten verboten wurden, war für ihn nach den Anschlägen auf den Kaiser eine Notwendigkeit.

»Reißen Sie sich zusammen, oder es wird Ihnen wie Ihrem Sohn ergehen«, fuhr Krieger fort.

»Dann sperrt's mich doch ein!«, brüllte Kramer los. »Sperrt's mich in den Kerker und lasst dafür meinen Sohn frei! Er ist unschuldig!«

»So einfach ist das nicht«, sagte Krieger. »Wir können allerdings versuchen, dass Ihr Sohn früher rauskommt, wenn wir ein gutes Wort für ihn einlegen. Es liegt nur an Ihnen.«

Krieger vergrub sein Gesicht in beide Hände und schüttelte seufzend den Kopf.

»Was wollt ihr denn?«, fragte er frustriert.

In diesem Moment kam der Wirt und brachte das nachbestellte Bier.

Kramer blickte kurz auf den Wirt, dann auf den Krug, bevor er seinen Kopf wieder senkte und langsam schüttelte.

»Kennen Sie Severin Knoll?«, fragte plötzlich Hiebler.

Beide, Kramer und Krieger, sahen überrascht auf den Assessor.

»Wen?«, fragte Kramer.

»Knoll, Severin Knoll, Hoffotograf aus Würzburg!«

Kramer starrte ihm jetzt direkt in die Augen.

»Nie gehört«, antwortete er schließlich. »Ich komm aus München, war niemals woanders.«

»Knoll war ja auch hier bei Ihnen, in München«, fuhr Hiebler fort. »Können Sie uns sagen, warum?«

Kramer begann zu lächeln. »Habe ich nicht gerade gesagt, dass ich keinen Knoll aus Würzburg kenne?«

»Das glaube ich Ihnen nicht, Herr Kramer«, erwiderte Hiebler zornig. »Ich habe Sie heute Mittag während des Festumzugs neben Knoll stehen sehen. Außerdem haben wir ein Bilddokument, eine Fotografie, welche das belegt.«

Kramer warf Hiebler einen mitleidigen Blick zu, dann wandte er sich an Krieger. »Wo hast du denn dieses Bürscherl aufgetrieben?«

»Was erlauben Sie sich?«, fuhr Hiebler auf. »Sie sprechen mit einem Beamten Seiner Königlichen Majestät. Ich werde dafür sorgen, dass Sie verhaftet werden.«

Hiebler wurde knallrot im Gesicht, er atmete tief ein und aus.

»So, verhaften will er mich, das Bürscherl?«, fuhr Kramer grinsend fort. »Dann soll er's doch machen.«

Jetzt platzte Hiebler der Kragen. »Sie waren an der Planung eines Attentats beteiligt, Sie Verbrecher. Ich werde Sie in den Kerker werfen lassen und ich …«

»Georg, es ist genug«, wurde Hiebler von Krieger unterbrochen. »Ruhe jetzt!«, schimpfte er.

Beleidigt und eingeschüchtert blickte Hiebler auf den Boden.

Kramer lächelte ihn weiter an. Schließlich trank er in einem Zug sein Bier aus, rülpste laut, knallte den Krug auf den Tisch und stand auf. »Vielen Dank für das Bier, die Herrschaften«, sagte er und ging wieder zu seinen Freunden zurück.

»Das war jetzt nicht gerade geschickt, Georg«, flüsterte Krieger, nachdem Kramer weg war. »Nach der Geschichte mit seinem Sohn hatte ich ihn schon fast da, wo ich ihn haben wollte. Nämlich dass er, um seinem Sohn zu helfen, sich willig zeigt, mit uns zu kooperieren. Jetzt weiß er, dass wir von dem Attentatsversuch Kenntnis haben. Zudem ist ihm jetzt bekannt, dass wir nicht nur ihm, sondern auch Knoll auf der Spur sind. Sollte tatsächlich eine Verbindung zwischen den beiden bestehen, wird Kramer als Allererstes den Fotografen, wo immer er auch gerade sein mag, warnen. Alle Informationen werden jetzt rasch ausgetauscht. Und das in einer Geschwindigkeit, dass wir Probleme haben werden, dies zu unterbinden. Du hättest dich lieber beherrschen sollen. Wir haben eine Chance vertan. So bist du mit der Tür ins Haus gefallen. Zu schnell, Georg, zu schnell.«

»Es tut mir leid!«, presste Hiebler frustriert zwischen zusammengebissenen Zähnen hervor. »Ich hätte mich zurückhalten sollen. Überstürztes Handeln ist eine Schwäche von mir.«

Krieger nickte zustimmend, dann aß er schweigend ein paar Gabeln von der Bratensülze und trank sein Bier in einer ähnlichen Geschwindigkeit wie zuvor Kramer leer. »Komm, lass uns zahlen und gehen«, sagte er schließlich. »Morgen wartet Arbeit auf uns.«

Etwa zur gleichen Zeit saß Severin Knoll im Zug auf dem Weg nach Würzburg. Am Morgen würde er in der Residenzstadt ankommen. Er wusste, dass er die ganze Nacht kein Auge schließen würde. Nicht, weil es im Zug unbequem war – er konnte auch auf harten Holzbänken einschlafen. Nein, er musste wach bleiben, um nachzudenken und auf den Inhalt der Reisetasche aufzupassen, die zwischen seinen Füßen stand. Auch wenn die Sache etwas anders als geplant verlief, so hatte sich der Weg nach München doch gelohnt.

Knoll blickte auf die Mitreisenden, die mit ihm im Abteil saßen. Ein dicker Mann in merkwürdiger Tracht saß ihm gegenüber, neben ihm eine auffallend hässliche, dürre Frau. Die Frau hatte den Kopf an die Schulter des Mannes gelehnt. Die körperliche Nähe der beiden signalisierte Knoll, dass es sich um ein Ehepaar handeln musste. Beide hatten die Augen geschlossen und schliefen. Knoll fragte sich, wie das Paar wohl zueinandergefunden hatte, ein dicker Bauer und eine hässliche, hagere Frau, die wesentlich älter als ihr Mann aussah? Er dachte kurz darüber nach, warum er selbst immer noch alleine war – schließlich war er inzwischen 42 Jahre alt.

Hat einfach bisher nicht geklappt. Nicht mal ein hässliches Weibsbild wie die Dame mir gegenüber hat zu mir gefunden. Was soll's, dachte er sich, im Moment wäre mir eine Frau, egal, ob hübsch oder hässlich eh nur ein Klotz am Bein. Es gibt andere, wichtigere Dinge, die zu erledigen sind. Und ich bin auf dem besten Weg, ein Zeichen zu setzen. Wir leben in einer Welt der Wissenschaft und des Fortschritts, lassen uns aber wie im

Mittelalter von Personen regieren, die auf Kosten des Volkes in Saus und Braus leben und nur aufgrund ihres ererbten Namens herrschen. Damit muss Schluss sein.

Knoll blickte sich um. Außer den beiden Schlafenden war niemand zu sehen. Er öffnete langsam und vorsichtig den Verschluss der Reisetasche zwischen seinen Füßen. Obwohl er genau wusste, dass sich deren Inhalt nicht verändert hatte, wollte er nochmals einen bestätigenden Blick darauf werfen. Er schob etwas Wäsche zu Seite, dann sah und tastete er den wertvollen Inhalt: 23 Stangen Dynamit, jeweils in Sechserpacks zusammengebunden. Ausgehändigt worden waren ihm zwei Dutzend. Eine Stange fehlte. Eine nutzlose Stange Dynamit, die am Mittag des gleichen Tages nichts bewirkte, außer ein paar Elefanten durchdrehen zu lassen. Er war sich sicher, mit dem verbliebenen Dynamit hier in seiner Tasche mehr erreichen zu können. Knoll blickte aus dem Fenster und dachte nach. Er hatte alles, was er brauchte: das Dynamit und die Information, dass sich in nur einer Woche der königliche Hof in Würzburg, seiner Stadt, aufhalten würde.

Die Herrschenden meinen wohl, dass ihnen alle untergeben sind, sinnierte er. Diese Zeiten sind vorbei. Mit der Zahl der Lakaien am Hof steigt die Zahl der Informanten und der Mitstreiter für unsere gemeinsame Sache.

Kapitel 6

ALS GEORG HIEBLER am nächsten Morgen das Innenministerium betrat, überlegte er kurz, welchen Weg er zu seinem Arbeitsplatz nehmen sollte: in den Keller, zu den Räumen des Nachrichten-Bureaus? Oder hoch in den vierten Stock in seine Schreibstube? Er hatte schlecht geschlafen, da er sich immer wieder über seinen Fehler ärgern musste. Stundenlang fragte er sich, warum er als ansonsten kontrollierte Person, bei der alles seinen Platz und alles eine vorbestimmte Funktion hatte, zwischenzeitlich genau diese Kontrolle verlor. Er musste an die Zeit in Würzburg denken, als er unbegründet und unbedacht die Gräfin von Wachtmeister des Mordes bezichtigte. Gestern Abend war es wieder das Gleiche. Er war auf banalste Art und Weise gereizt worden, und schon hatte er die Beherrschung verloren.

Ich tauge nicht für meine neue Aufgabe, dachte er sich. Was soll ich im Nachrichten-Bureau machen? Dann schüttelte er verärgert über sich selbst den Kopf und entschied sich, die Stufen nach oben zu nehmen.

Einige Stunden später, am frühen Nachmittag, nachdem er sich durch die üblichen Akten, Briefe und Anfragen auf seinem Schreibtisch durchgearbeitet hatte, klopfte es an der Tür. Er wartete kurz, da er dachte, dass Iannis Krieger eintreten würde, der zumindest bisher auf das sonst übliche »Herein« verzichtet hatte. Nach einem weiteren Klopfen an der Tür sagte Hiebler schließlich laut: »Ja bitte!«

Die Türe öffnete sich, und Göbele, der Sekretär des Ministers, trat ein. Wie immer, egal ob es Sommer oder Winter war, schwitzte er stark.

»Diese Stufen hier hoch …«, keuchte Göbele und wischte sich mit dem Ärmel den Schweiß von der Stirn. »Wie Sie das jeden Tag schaffen, Herr Assessor, ist mir ein Rätsel. Na ja, Sie sind ja noch jung und schlank, aber ich …«

»Herr Göbele!«, begrüßte ihn Hiebler genervt. »Wie kann ich Ihnen helfen?«

»Der Minister erwartet Sie. Wenn Sie bitte mitkommen, jetzt sofort!«

Hiebler nickte und stand auf. Er hatte erwartet, dass er früher oder später die Konsequenzen seines unüberlegten Verhaltens würde tragen müssen. Jetzt war es wohl soweit.

Als Hiebler im Schlepptau von Göbele im Vorzimmer des Ministers ankam, wartete bereits Krieger auf ihn. Neben diesem stand ein weiterer Mann. Hiebler war sich relativ sicher, dass die Person bei der gestrigen Besprechung ebenfalls teilgenommen hatte. Der Mann trug die blau-karmesinrote Uniform der bayerischen Infanterie. In der rechten Hand hielt er die Offiziersmütze, in der linken Hand hatte er die zuvor ausgezogenen weißen Handschuhe. An seiner Seite baumelte ein Säbel. Er hatte dunkelblonde Haare und einen langen, bis auf die Brust reichenden Bart. Hiebler hatte Probleme, das Alter des Mannes zu schätzen. Die Falten im Gesicht und der lange Bart ließen ihn wie einen 60-Jährigen erscheinen. Die vollen Haare ohne ein einziges graues Haar auf dem Kopf oder im Bart machten ihn hingegen deutlich jünger.

»Grüß Gott, Georg«, begann Krieger. »Eigentlich hatten wir dich heute Morgen in unseren Räumen im Keller erwartet.«

Hiebler nickte, er fühlte sich unwohl – wie ein Pennäler, der beim Schulschwänzen erwischt wurde. »Iannis, ich wusste nicht, ob ich …«

»Ob Sie noch willkommen sind nach Ihrem gestrigen Fauxpas?«, unterbrach ihn der Mann neben Krieger.

Hiebler blickte schuldbewusst zu Boden.

»Georg, darf ich vorstellen? Das ist Major Ferdinand von Schlier«, sagte Krieger. »Der Herr Major ist Offizier im Leibregiment des Prinzregenten und zudem der direkte Kontaktmann zu uns ins Nachrichten-Bureau.«

Hiebler blickte ehrfürchtig auf den Major und reichte ihm die rechte Hand zum Gruß. »Herr Major, es ist mir eine Ehre.«

Von Schlier nickte nur kurz und ließ Hieblers Hand unbeachtet. »Ich denke, dass Sie noch einiges lernen müssen«, erwiderte er. »Und ich hoffe, dass Hauptmann Krieger mit Ihnen die richtige Person ausgesucht hat.«

Hiebler atmete tief ein und aus und zog die Hand zurück.

»Meine Herren, wenn Sie nun bitte eintreten möchten«, sagte plötzlich Göbele, der zwischenzeitlich die schwere Eichentür zum Zimmer des Ministers geöffnet hatte. »Seine Exzellenz warten.«

Von Schlier, gefolgt von Krieger und Hiebler marschierte zackig in das Zimmer. Am hintersten Ende, an einem gewaltigen Schreibtisch sitzend, saß der Freiherr von Feilitzsch. Hinter ihm an der Wand hing ein Gemälde des Prinzregenten Luitpold von Bayern.

Obwohl Hiebler nicht das erste Mal den Raum betrat, war er erneut beeindruckt von dessen Größe und dem wuchtigen, farbenfrohen Porträt des Prinzregenten. Der Minister wirkte hinter dem Schreibtisch eher blass, zart und unscheinbar.

Die drei Männer postierten sich in einer Reihe und verbeugten sich. Von Schlier knallte zudem die Hacken der Stiefel zusammen. Das Knallen der Absätze ließ den Minister aufblicken. Er wirkte müde, die Schramme im Gesicht war immer noch deutlich sichtbar. Im Gegensatz zum gestrigen Tag klemmte jedoch wieder an seinem rechten Auge das vertraute und für ihn charakteristische Monokel.

»Bitte, nehmen Sie Platz, meine Herren«, sagte er mit leiser Stimme und wies mit den Händen auf die drei vor dem Schreibtisch platzierten Stühle. Hiebler, Krieger und von Schlier verbeugten sich erneut und setzen sich auf die ihnen zugewiesenen Plätze.

»Wer berichtet?«, fragte von Feilitzsch und musterte die drei Männer der Reihe nach.

»Wenn ich beginnen dürfte?«, erwiderte Krieger.

»Bitte, Herr Hauptmann. Ich warte«, antwortete von Feilitzsch

»Wir haben Hinweise, dass ein Attentat auf die königliche Familie geplant war«, begann Krieger. »Die Täter sind Mitglieder einer uns bekannten Gruppe von Anarchisten. Wir haben Fotografien, die dies eindeutig zeigen.«

Von Feilitzsch nickte. »Wie konnte das passieren? Unter den wachsamen Augen des gesamten Leibregiments seiner Majestät?«, fragte er mit Blick auf Major von Schlier.

»Wir gehen davon aus, dass eine einzige Person sich unerkannt der Hofloge von hinten genähert hat und über eine entsprechend lange Zündschnur das Dynamit explodieren ließ«, erwiderte von Schlier.

»Wie kommen Sie darauf, dass es Dynamit war? Und warum zündet man eine Bombe, wenn das Zielobjekt – in diesem Fall glücklicherweise – gar nicht mehr anwesend ist?«, fragte von Feilitzsch weiter.

»Ich denke, dass ich das erklären kann, Herr Minister«, begann Krieger. »Der oder die Attentäter müssen sich unbemerkt der Hofloge genähert haben. Selbstverständlich war die gesamte Tribüne von Wachpersonal umstellt. Das heißt, unter normalen Umständen wäre es unmöglich gewesen, sich der Königsfamilie dahingehend zu nähern, dass man eine Sprengladung nicht nur unter den Holzbänken platzieren, sondern diese auch noch hätte zünden könnte. Weiterhin gehen wir von einer eher kleinen Bombe aus. Sie müssen sich vorstellen, dass der Attentäter in der Lage gewesen sein musste, die Sprengladung rasch aus einer Tasche herauszuziehen, deren Lunte anzuzünden und sie anschließend unter die Tribüne zu werfen. Dafür spricht auch die nur eher geringe Sprengwirkung. Die Hofloge wurde hauptsächlich von den Elefanten zerstört.«

Von Feilitzsch lehnte sich nachdenklich in seinem Stuhl zurück. »Und weiter?«

Krieger nickte. »Somit wären wir auch bei den Elefanten. Die Unruhe der Tiere durch das Dampfventil der Straßenlokomotive war der Grund, warum sich die gesamte Leibgarde auf die Tiere fokussierte und vermutlich auch die Stellung hinter der Hofloge aufgab. Diesen Moment musste der Attentäter genutzt haben, um die Lunte zu zünden, das Dynamit unter die Tribüne zu werfen und sich anschließend rasch zu entfernen. Gleichzeitig wurde jedoch die gesamte Königsfamilie durch die Leibgarde in Sicherheit gebracht, und zwar bevor die Detonation erfolgte. Was dann passierte, ist uns ja zwischenzeitlich allen bekannt.«

»Es ist natürlich unverzeihlich, dass Soldaten des Leibregiments ihre Stellung ohne entsprechende Order aufgegeben haben«, ergänzte von Schlier. »Man wollte die königliche Familie schützen und vergaß dabei, ihr den Rücken freizuhalten. Dies wird so nicht mehr geschehen.«

Der Minister atmete tief ein und aus. Dann griff er sich sein Monokel, kramte aus der Innentasche seines Jacketts ein weißes Seidentuch hervor und reinigte damit gründlich das Glas. Anschließend steckte er das Tuch wieder ein und klemmte sich das Monokel in gewohnter Weise zwischen rechter Augenbraue und Jochbein.

»Wissen Sie was, meine Herren?«, begann er schließlich. »Für mich hört sich die Geschichte reichlich abenteuerlich an – oder sagen wir lieber dilettantisch. Ein Attentäter, der mal so zufällig seine Chance sucht, eine Stange Dynamit im Rücken der Königsfamilie zu zünden?«

»Herr Minister, wenn ich hier erwähnen darf, dass es sich nicht um ausgebildete Soldaten einer verfeindeten Macht handelt«, fuhr Krieger fort. »Es sind einfache und unterprivilegierte Subjekte, die dergleichen Taten begehen. Sie riskieren zum Teil Kopf und Kragen, um ihre kruden Ideen in die Tat umzusetzen, handeln aber sicherlich nicht militärisch-rational. Denken Sie nur an die zum Teil dilettantisch geplanten und daher auch fehlgeschlagenen Attentate auf Seine Majestät, den Kaiser.«

»Ich weiß nicht, ob es eine gute oder eine schlechte Nachricht ist, dass hier Anfänger am Werke sind, Hauptmann Krieger«, erwiderte von Feilitzsch. »Von Schlier, was ist Ihre Meinung?«

»Es ist in der Tat richtig, dass es sich hierbei nicht um eine militärisch geplante Aktion gehandelt hat. Auch haben wir lernen müssen, dass mittlerweile von vermeintlich harmlos erscheinenden Zivilisten durchaus eine Gefahr ausgehen kann. Umso mehr ärgert mich, dass die Detonation durch uns, das königliche Leibregiment, nicht verhindert werden konnte.«

Von Feilitzsch nickte zustimmend. »Dann stellt sich mir jedoch die Frage, wie ein Zivilist mit anarchistischer Gesinnung an Dynamit kommen konnte?«

»Richtig, genau darum geht es, Herr Minister«, sagte Krieger. »Wir müssen herausfinden, wer die Hintermänner sind. Wer versorgt das Lumpenproletariat mit Dynamit? Das sind die wahren und viel gefährlicheren Feinde.«

»Und? Wohin führt Ihre Spur?«, hakte von Feilitzsch nach.

»Am ehesten ins Ausland – in die Schweiz oder nach England«, antwortete Krieger. »Mit dem Sozialistengesetz sind die Wortführer und Meinungsbildner anarchistischer Umtriebe emigriert. Das bedeutet aber nicht, dass diese Subjekte nicht mehr aktiv sind. Bei manchen ist die Gewaltbereitschaft sogar gestiegen, nur dass sie nun andere für sich die Drecksarbeit verrichten lassen. Wir sollten daher den Auslandsgeheimdienst in Berlin mit einbeziehen. Hier vor Ort müssen wir verdächtige Gruppen infiltrieren, um die Strippenzieher im Hintergrund identifizieren zu können.«

»Eine konkrete Spur haben Sie aber nicht, oder?«, fragte von Feilitzsch genervt.

Krieger zögerte.

Der Minister wurde nun zunehmend ungeduldig. »Hauptmann Krieger, spucken Sie es aus! Gibt es eine Spur? Was sind Ihre Informationen? Wir haben gestern ein Attentatsversuch auf die königliche Familie erleben müssen. Also, was wissen Sie?«

»Im Umfeld des Attentats haben wir gestern Mitglieder einer Gruppe von Anarchisten eindeutig identifiziert«, begann Krieger. »Unter ihnen war Ernst Kramer, ein stadtbekannter Aufrührer, Sozialist und wohl auch Anarchist. Es kann daher davon ausgegangen werden, dass der Attentäter aus dieser Gruppe kommt. Und dann war da noch was.«

Feilitzsch neigte leicht den Kopf zur Seite und hob die Augenbrauen. »Und?«

»Dank Assessor Hiebler konnten wir zusammen mit den mutmaßlichen Attentätern eindeutig einen Herrn Knoll aus Würzburg identifizieren.«

Von Feilitzsch musterte jetzt eindringlich Hiebler. »Soll heißen?«, fragte er weiter, ohne seinen Blick von Hiebler abzuwenden.

»Soll heißen, dass wir denken, dass Knoll möglicherweise den Kontakt nach München nutzt, da er anarchistisch geprägte Verbrechen in Würzburg plant. Dieser Spur müssen wir unbedingt nachgehen. Ich will auch nicht ausschließen, dass Knoll sogar einer der gesuchten Hintermänner ist«, antwortete Krieger.

»Nur leider hat sich unser junger Herr Assessor nicht beherrschen können, diese wichtigen Erkenntnisse in die Welt hinauszuposaunen«, ergänzte von Schlier.

Hiebler wich dem musternden Blick des Ministers aus und blickte beschämt zu Boden.

»Ganz so ist es nicht«, meinte Krieger.

»Na, Sie haben mir doch selbst gesagt, dass Herr Hiebler diesem Kramer die Erkenntnisse zu Knoll ausgeplaudert hat«, erwiderte von Schlier.

»Hiebler hat Kramer mit dem Namen Knoll konfrontiert – nicht mehr und nicht weniger. So war es, und so habe ich es Ihnen auch mitgeteilt«, verteidigte sich Krieger.

»Und was meinen Sie dazu, Herr Hiebler?«, fragte von Feilitzsch.

»Es war unbedacht, Herr Minister«, erwiderte Hiebler. »Ich muss mich hierfür entschuldigen. Ich kenne Knoll noch von meinen Ermittlungen Anfang des Jahres in Würzburg. Er ist Fotograf. Knoll hat die Tatortfotografie von Jöns Lindahl angefertigt, welche Ausgangspunkt meiner damaligen Ermittlungen war. Und ich bekam über ihn den Kontakt zur theosophischen Gesellschaft. Niemals hätte ich ihn hier in München im Zusammenhang mit den gestrigen Ereignissen erwartet.«

Minister von Feilitzsch lehnte sich in seinem Stuhl zurück. Nachdenklich blickte er über die Köpfe der drei vor ihm sitzenden Männer hinweg und nickte langsam mit dem Kopf.

»Lassen Sie mich zusammenfassen«, begann er schließlich. »Eine Gruppe Anarchisten unternahm einen glücklicherweise gescheiterten Attentatsversuch auf die königliche Familie. Wir kennen die beteiligten Personen, und es gibt eine Spur nach Würzburg. Andererseits weiß man auch, dass wir Lunte gerochen haben. Wir können uns also nicht mehr verstecken und im Geheimen ermitteln.«

Erneut nickte er langsam mit dem Kopf, dann beugte er sich vor. »Ich möchte ab sofort von jedem von Ihnen einen wöchentlichen Bericht haben. Major von Schlier, Sie bitte ich, den Schutz für die königliche Familie zu erhöhen und mir vom Hofbureau eine detaillierte Aufstellung sämtlicher geplanter Reisetätigkeiten des Hofes zu übermitteln.«

Von Schlier bestätigte die Order mit einem kurzen Nicken.

»Hauptmann Krieger«, fuhr von Feilitzsch fort. »Sie müssen dieses Anarchistennest in München ausheben – und zwar rasch. Üben Sie Druck aus, am besten durch Kerkerhaft oder die üblichen Verhörmethoden.«

»Jawohl, Herr Minister. Ich habe verstanden«, antwortete Krieger.

Schließlich wandte sich von Feilitzsch an Hiebler. »Und Sie, Herr Assessor, begeben sich auf den Weg nach Würzburg. Treten Sie die Flucht nach vorne an und konfrontieren diesen Fotografen.«

Von Feilitzsch wandte sich kurz an Krieger: »War Würzburg bisher auf unserer Liste?«

»Schweinfurt ja, Würzburg nein, Herr Minister!«, antwortete Krieger.

»Gut, Herr Hiebler«, wandte sich Feilitzsch nun wieder an den Assessor. »Dann beginnen Sie mithilfe der örtlichen Gendarmerie zu ermitteln, ob nicht doch eine Anarchistenzelle im Untergrund arbeitet. Falls dem so sein sollte, heben Sie das Verbrechernest aus!«

»Wird erledigt«, antwortete Hiebler.

Feilitzsch nickte. »Dann weiß ja jetzt jeder, was zu tun ist. Und denken Sie daran: jede Woche einen Bericht direkt an mich. Herr Krieger, ich würde es begrüßen, wenn bei Ihnen die Fäden zusammenlaufen.«

Krieger nickte.

»Gut, meine Herren, ich wünsche Ihnen noch einen schönen Tag!«, sagte der Minister und signalisierte den Anwesenden mit einer Handbewegung zu gehen.

Alle drei standen auf, machten eine kurze Verbeugung – von Schlier knallte erneut die Hacken aneinander – und verließen den Raum.

Severin Knoll kam am Morgen des gleichen Tages in Würzburg an. Er ging direkt vom Bahnhof in das Fotoatelier in der Handgasse. Er sah nach, ob etwas in dem vor dem Eingang zum Atelier befestigten Briefkasten war. Dann sperrte er die Tür auf. Bevor er eintrat, sah er sich um, ob ihn jemand in der kleinen Straße beobachtet hatte. Nachdem niemand zu sehen war, durchquerte er schnurstracks das Atelier und ging in die Dunkelkammer am hinteren Ende des Ladens. Er öffnete seine Reisetasche und entnahm ihr die obenauf liegenden Kleidungsstücke, Wasch- und Rasierutensilien. Anschließend verschloss er wieder die Tasche, öffnete eine Kommode, räumte alte Fotoplatten und Entwicklerlösung zur Seite und deponierte die Tasche dort. Erneut blickte er sich um, dann verschloss er den Raum und ging in den vorderen Ladenteil des Ateliers. In einer Ecke stand ein Kanapee, welches gelegentlich für Aufnahmen von Ehepaaren oder Familien genutzt wurde. Müde ließ sich Knoll auf das Sofa fallen. Er war inzwischen etwa 26 Stunden durchgehend wach. Kaum, dass er in der horizontalen Körperposition war, fielen ihm die Augen zu, und er schlief sofort ein.

Knoll wusste nicht, wie viel Zeit vergangen war, als er durch ein sanftes Rütteln an seiner Schulter wach wurde. Er öffnete die Augen und sah einen durchgehend in Blau gekleideten Mann mit einer dunkelblauen Kappe auf dem Kopf.

»Sie haben aber einen gesunden Schlaf so am späten Vormittag«, sagte der Mann freundlich lächelnd.

Knoll rieb sich die Augen und setzte sich auf. Er blickte auf den Mann in Uniform. Jetzt erkannte er, dass es der Briefträger war, der jeden Tag seine Runde machte.

»Entschuldigen Sie bitte, Herr Knoll«, fuhr der Briefträger fort, »dass ich Sie hier überrasche, aber die Tür war offen!«

»Geht schon in Ordnung«, erwiderte Knoll mit verschlafener Stimme. »Warum stecken Sie die Post nicht in den Briefkasten vor der Tür wie sonst auch immer?«

»Ich habe ein Eiltelegramm für Sie, Herr Knoll. Telegramme müssen wir persönlich abgeben.« Der Briefträger überreichte Knoll einen winzigen Umschlag, tippte sich mit der rechten Hand als Zeichen des Grußes an die Mütze und verließ das Atelier.

Knoll hielt immer noch schlaftrunken das Kuvert in der Hand. »Vielen Dank!«, rief er dem Briefträger hinterher.

Erneut rieb er sich die Augen und gähnte. Dann begutachtete er den Umschlag in seiner Hand. Auf dem Papier stand »Königlich-Bayerische Post: Eiltelegramm – sofort öffnen!«

Knoll tat, wie geheißen. Auf dem Papier war oben die Uhrzeit der Auslieferung vermerkt. Daneben war ein Stempel des Postamts Würzburg mit einem Handzeichen des entgegennehmenden Postbeamten. Die Nachricht unterhalb des Stempels bestand aus zwei Zeilen:

Kramer hat berichtet – Löwe will Spatz fangen – Vogel muss fliegen – Ende

Knoll las den Text erneut. Beim dritten Lesen verstand er den Inhalt. Er wurde bleich, und ihm wurde schwindlig. Knoll ließ sich auf das Sofa fallen und starrte an die Decke. Das Telegramm rutschte ihm aus der Hand. Panisch atmete er ein und aus.

Nach einigen Minuten hatte er sich wieder im Griff.

Er rappelte sich hoch, ging hinter den Tresen, öffnete die Kasse und steckte sich das dort aufbewahrte Geld in die Hosentaschen. Anschließend verließ er das Atelier, verschloss die Tür und lief eilig in seine Wohnung im Hinterhaus des gleichen Gebäudes. Dort kramte er aus diversen Schubladen Papiere und weitere Geldscheine hervor. Er schmiss alles eilig in eine Tasche, packte zusätzlich noch ein paar Kleidungsstücke hinzu und verließ die Wohnung.

Von der Handgasse ging er die Semmelstraße und Eichhornstraße hinab bis zum Postamt in der Schönbornstraße. Dort angekommen, gab er am Schalter ein

Telegramm in Auftrag. Er diktierte dem Postbeamten folgenden Text:

Spatz ist entflogen – Gesell muss übernehmen – Stangen in der Dunkelkammer – Ende

Anschließend ging er über die Juliuspromenade weiter zur Kaiserstraße, bis er am Hauptbahnhof angekommen war. Er kaufte sich ein Zweite-Klasse-Ticket, stieg in den nächsten Zug Richtung Norden und war weg.

Kapitel 7

EINEN TAG NACH KNOLLS FLUCHT und drei Tage nach der Münchner Elefantenkatastrophe kam Georg Hiebler am Würzburger Hauptbahnhof an. Es war der 3. August 1888. Im Gegensatz zum 30. Januar des gleichen Jahres, als er zuletzt hier war und Probleme hatte, die dunkelbraunen Stämme auf der Anhöhe hinter dem Bahnhof als Weinreben zu identifizieren, zeigte sich der Weinberg jetzt in üppigem Grün. Es war angenehm warm. Vom nahe gelegenen Main wehte Hiebler eine sanfte Brise ins Gesicht. Er schloss die Augen, streckte die Nase in die Luft und atmete tief ein. Während der langen Zugfahrt hatte er viel über die Fehler nachgedacht, die ihm unterlaufen waren, als er zuletzt hier war: seine Ungeduld, den Mord an Lindahl zu lösen, sein Umgang mit anderen Menschen wie Deschel oder Rosa. In schmerzhafter Erinnerung blieben ihm auch die Kopfschmerzen, die er hier erlebt hatte: der schreckliche Kater nach dem Zuviel an *Silvaner*, der Tritt des Pferdes, als er vor die Kutsche gestoßen worden war, und der Aufprall auf der Ludwigstraße, als ihn der Diener der Gräfin von Wachtmeister rausgeschmissen hatte. Hiebler fasste sich an den Hinterkopf in Erinnerung an die gewaltige Beule, die er vor sechs Monaten nach dem Pferdetritt erlitten hatte. Dieses Mal sollte es anders ablaufen. Er war jetzt nicht mehr nur der junge Assessor aus der Schreibstube unter dem Dach des Ministeriums – er war inzwischen ein Mitarbeiter im Nachrichten-Bureau und direkt dem Minister unterstellt. Alle Schritte und Unternehmungen, alle Details seiner Ermittlungen wollte er mit Iannis Krieger teilen. So, wie es besprochen war. Das hatte er sich vorgenommen! Hiebler griff sich seine Reisetasche und marschierte zielstrebig in die Würzburger Innenstadt.

Anders als zuletzt, als aufgrund des Kongresses der theosophischen Gesellschaft und des zeitgleich stattfindenden Faschingsumzugs alle Zimmer belegt waren, fand er dieses Mal problemlos eine Unterkunft. Er quartierte sich in einem Hotel schräg gegenüber des *Juliusspitals* am Barbarossaplatz ein. Nachdem er das Zimmer bezogen hatte, wusch und rasierte er sich. Er wechselte den Kragen und ging direkt ins Rathaus zur Dienststelle der Würzburger Gendarmerie. Hiebler kannte mittlerweile den Weg. Er wollte keine Zeit verlieren.

Mit einem mulmigen Gefühl in der Magengegend betrat Hiebler das Vestibül des Rathauses. Zu frisch waren noch die Erinnerungen seines letzten Aufenthaltes hier: die Auseinandersetzung mit Siebert, dem Chef der Gendarmerie, der Brand im Zimmer der Oberwachtmeister und die kalte und schlaflose Nacht, die er nach Sieberts Tod hier verbracht hatte. Ohne zu zögern, ging er die Treppe hoch, bis er sein Ziel, ein Zimmer im dritten Stock am Ende eines langen Flurs, erreicht hatte. Auf der Tür war ein neuglänzendes Emailleschild montiert. Hiebler las mit einem Lächeln auf den Lippen: »Hauptwachtmeister Friedhelm Deschel, Chef der Gendarmerie«. Laut klopfte er an.

Durch die Tür drang ein gedämpftes »Herein! Ja bitte!«

Hiebler schmunzelte erneut. Das »Herein« war eher ein »Herrrrein« mit rollendem »r«. Das »Ja bitte« hörte sich wie ein »Ja bidde« an.

Hiebler öffnete die Tür.

In dem Raum saß an einem Schreibtisch ein dünner, bartloser Mann mit langen grauen Haaren. Er trug die blaue Uniformhose der Gendarmerie. Jacke und Kragen hatte er ausgezogen. Vor ihm, auf dem Tisch lagen auf einem Stück Zeitungspapier mehrere Schinkenscheiben sowie eine dicke Scheibe Brot.

»Grüß dich, Friedhelm«, sagte Hiebler lächelnd. Sein Blick wanderte von Deschel hinunter zu der üppigen Brotzeit auf dem Schreibtisch. »Ich sehe schon. Nichts hat sich verändert. Wie schaffst du es immer, noch dürr wie eine Zaunlatte zu sein, wo du doch ständig was in dich hineinstopfst?«

»Grüß dich, Georg«, antwortete Deschel mit vollem Mund. Er schluckte den Bissen hastig runter und stand auf. »Das habe ich dir doch schon im Winter versucht zu erklären, dass es mit meinen Drüsen zusammenhängt. Ich werde nicht dick. Kann machen, was ich mag. Aber setz dich doch«, sagte er und wies Hiebler einen Stuhl zu. »Ich habe dich schon erwartet.«

Hiebler schüttelte Deschel die Hand und setzte sich hin.

»Wie kommt es, dass du mich erwartet hast?«, fragte er erstaunt.

Deschel grinste schelmisch und zeigte mit dem Kopf auf einen Telefonkasten, welcher an einer Seitenwand montiert war. »Wir haben seit einigen Wochen einen Fernsprecher«, antwortete er stolz. »Ist zwar teuer, aber wir sind es schließlich auch wert. Aus dem Ministerium aus München hat mich heute Morgen jemand angerufen und über deine Ankunft informiert. Es ist schon unglaublich, was mittlerweile möglich ist. Du sprichst mit jemandem, der einige 100 Meilen entfernt von dir ist.«

Hiebler lächelte jetzt. »Und hast du dich gefreut oder geärgert, als du über meine Ankunft informiert worden bist?«

»Georg, ich bitte dich«, antwortete Deschel. »Natürlich habe ich mich gefreut. Schwamm über das, was war.«

Hiebler nickte. »Das freut mich, Friedhelm!«

Deschel grinste und schob sich einen weiteren Bissen Schinken in den Mund. »Möchtest du auch etwas?«, fragte er und zeigte auf Brot und Wurst.

»Nein danke«, antwortete Hiebler und sah Deschel beim Essen zu.

»Du bist also der neue Chef der Würzburger Gendarmerie?«, fuhr er nach einer Weile fort.

»Na ja«, antwortete Deschel mit vollem Mund. »Nach Sieberts Tod war relativ rasch klar, dass entweder der Johann oder ich Chef werden. Und da Johann immer noch mit den Folgen seiner Gallenoperation kämpft, bin ich es eben geworden. Der Betzel ist dafür als mein Nachfolger zum Oberwachtmeister befördert worden.«

»Gratuliere, Friedhelm, du hast es dir verdient.«

»Passt schon, Georg. Jetzt habe ich halt mein eigenes Zimmer und ein bisschen mehr Geld am Ende der Woche. Sonst ist eigentlich alles gleich. Außer dem Fernsprecher eben«, erwiderte Deschel lächelnd.

»Hat man dir denn auch gesagt, warum ich nach Würzburg komme?«, fragte Hiebler.

»Nicht so direkt«, antwortete Deschel. »Scheint nur was Wichtiges zu sein. Ein Hauptmann Krieger hat mich angerufen. Mehr, außer, dass du unterwegs bist, hat er allerdings nicht erwähnt.«

Hiebler nickte wissend.

»Ich kann dir aber versichern, dass sich seit Februar definitiv weder ein Mord noch ein Selbstmord in der Stadt ereignet hat,« fuhr Deschel fort.

»Sie unbesorgt«, sagte Hiebler. »Dieses Mal muss ich nichts aufklären. Dieses Mal muss etwas verhindert werden.«

»Und was musst du verhindern?«, fragte Deschel.

Hiebler schwieg einen Augenblick und starrte an die Decke.

»Sag mal, Friedhelm, wie gut kennst du eigentlich deinen Vetter, diesen Fotografen in der Handgasse«, fuhr Hiebler fort, ohne auf Deschels Frage einzugehen.

»Den Severin? Wie gut ich den kenne? Was soll das denn für eine Frage sein? Ich bin mit ihm verwandt. Wir kennen uns, seitdem wir kleine Buben sind.«

»Wusstest du, dass er erst vor zwei Tagen in München war?«, fragte Hiebler weiter.

Deschel schüttelte den Kopf. »Nein, warum sollte ich das wissen? Wir sind zwar verwandt, aber so viel sprechen wir nicht miteinander, dass jeder immer alles über den anderen weiß. Was soll denn der Severin in München gemacht haben?«

»Er war bei der Centenarfeier mit dabei. Ich habe ihn gesehen.«

»Der Festzug mit den durchgedrehten Elefanten? Da war der Severin mit dabei?«

»Du weißt von der Elefantenkatastrophe?«

»Ja, stand heute in der Zeitung. Verrückt, was da passiert ist. Wenn der Severin das vor Ort alles erlebt hat, muss ich gleich mal mit ihm reden. Da war ja scheinbar ein riesiges Chaos im fernen München.«

»So ist es, Friedhelm«, antwortete Hiebler und starrte erneut nachdenklich an die Decke.

»Welche politische Gesinnung hat dein Vetter eigentlich?«, fragte er schließlich.

»Na du stellst Fragen«, antwortete Deschel und schob sich ein Stück Schinken in den Mund. »Früher hat er mit den Sozis sympathisiert. Er war halt jung und wild, so wie viele. Inzwischen ist ihm aber die Politik ziemlich egal. Zumindest haben wir uns schon seit Ewigkeiten nicht mehr über Politik unterhalten. Was soll man da auch groß drüber reden. Es ist, wie es ist, und es kommt, wie es kommt.«

Hiebler nickte. Schließlich beugte er sich zu Deschel hinüber und blickte ihm ernst in die Augen. »Friedhelm, es gibt schwerwiegende Beweise, dass Severin Knoll mit Anarchisten sympathisiert. Viel schlimmer noch: Wir gehen davon aus, dass er an einem Attentatsversuch auf den Prinzregenten beteiligt war.«

Deschel zog den Kopf zurück und hob die Augenbrauen. Dann schüttelte er grinsend den Kopf. »So ein Schmarren, Georg. Wie kommst du denn darauf? Und wegen so eines Blödsinns bist du extra aus München gekommen?«

Hiebler nickte bedächtig. »Ich habe es zuerst selbst nicht glauben können. Aber, wie gesagt, es gibt eindeutige Beweise.«

»Georg, ich bitte dich. Severin soll ein anarchistischer Attentäter sein?«, fragte Deschel zweifelnd.

»Wir müssen es zumindest ausschließen«, antwortete Hiebler. »Was hältst du davon, wenn wir beide uns jetzt gleich auf den Weg machen und uns mit deinem Vetter unterhalten?«

»Jetzt? Sofort?«, fragte Deschel.

Hiebler nickte.

Deschel dachte nach. »Aber nur, wenn du zunächst mir das Reden mit Severin überlässt. Georg, ich kenne dich. Du bist da manchmal etwas sehr schnell mit deinen Anschuldigungen. Ich möchte es mir nicht mit der eigenen Verwandtschaft verderben. Du verstehst mich, oder?«

Hiebler nickte. »Einverstanden!«

Deschel seufzte tief. Dann stand er auf. Er warf sich seine Uniformjacke um und holte sich die Pickelhaube von der Hutablage. »Georg, Georg, du und deine Ideen«, lamentierte er. »Aber, wenn du so großen Wert darauf legst, dann gehen wir eben.«

Zur gleichen Zeit kam am Würzburger Bahnhof ein adrett gekleideter Mann mit schwarzen Haaren an. Er hatte einen dunklen Schnauzbart und trug eine Melone als Kopfbedeckung. In jeder Hand schleppte er eine große Reisetasche. Trotz der Last, die er zu tragen hatte, und ungeachtet des warmen Sommerwetters, der Kleidung mit dem schwarzen Anzug, Schlips und Hut, schwitzte der Mann nicht. Er ging zielstrebig durch die Innenstadt. Wie Georg Hiebler nur wenige Stunden zuvor, suchte auch er sich eine Bleibe. Er hatte vor, einige Tage in der Stadt zu bleiben – eigentlich müsste alles nach einer Woche erledigt sein.

Der Mann hatte eine lange Reise hinter sich. Er musste zweimal umsteigen – einmal in Basel und einmal in Frankfurt. Zürich hatte er am Tag zuvor verlassen. Wie schon Dutzende Male früher hatte er die Grenze passiert. Es war immer das Gleiche: den Pass zeigen und auf die Frage, ob man etwas zu verzollen hätte, mit einem freundlichen »Nein« antworten. Inzwischen machte ihn die Begegnung mit den Zöllnern nicht mal mehr nervös. Nie wurde das Gepäck durchsucht. Auch dieses Mal nicht.

Das, was in einer der beiden Taschen war, war Teil

seines Plans, der nun endlich umgesetzt werden sollte. Alles würde passen, die Zeit, der Ort. Der Mann war es gewohnt, seine Vorhaben nicht nur präzise vorauszuberechnen, sondern immer auch von zwei Seiten anzugehen. Doppelt hält besser! Auch wenn nichts dafür sprach, dass Knolls Ersatzmann nicht zuverlässig seine Aufgabe erledigen würde, so war es für ihn dennoch ratsam, im Fall der Fälle selbst einschreiten zu können.

Kapitel 8

DAS ERSTE, was Deschel und Hiebler auffiel, waren die Glasscherben vor Knolls Fotoatelier. Die Tür zum Laden war nur angelehnt, und der hölzerne Rahmen war zerborsten.

Hiebler blickte vielsagend auf Deschel. Es war offensichtlich, dass sich jemand gewaltsam Zugang verschafft hatte.

»Oh Jesses!«, seufzte Deschel. »Kaum, dass du wieder da bist, Georg, tragen sich Ereignisse zu, die ich so in meiner Stadt nicht gewohnt bin.«

Er schob mit dem Stiefel die Scherben zur Seite und öffnete die Tür.

Beide betraten das Atelier und sahen sich um.

»Auf den ersten Blick scheint alles in Ordnung zu sein. Außer der Eingangstür ist nichts zerstört, und die teure Kamera steht auch noch da«, begann Hiebler.

»Severin!«, schrie Deschel in den Raum. »Severin? Bist du da?«

Als keine Antwort kam, ging Deschel in die hinteren Räume, während sich Hiebler hinter dem Tresen umblickte. Er sah die geöffnete und leere Schublade der Kasse.

»Georg, kommst du mal bitte?«, rief plötzlich Deschel. Hiebler folgte Deschel.

»Hier im Labor ist ebenfalls die Tür aufgebrochen!«, fuhr Deschel fort und zeigte in einen finsteren Raum.

Ähnlich wie zuvor beim Eingang, war der Rahmen zerbrochen. Die Tür hing lose in den Angeln. Hiebler warf einen Blick in den abgedunkelten Raum. An einer Seite fand er die ihm inzwischen aus dem Fotolabor in München bekannten Entwicklungsutensilien: Flaschen mit Entwicklerlösung, Wannen, Klemmen und eine Leine. An der anderen Seite sah er einen offen stehenden Schrank.

»Ich glaube, dass hier jemand etwas gezielt herausgeholt hat«, sagte Hiebler und zeigte Deschel die offene Schranktür. »Übrigens ist im Laden vorne die Kasse komplett leer.«

»Diebstahl also! Bleib du hier. Ich sehe mal nach, ob Severin in seiner Wohnung ist. Er wohnt gleich hier im Hinterhaus«, sagte Deschel und verließ das Atelier.

Während er auf den Hauptwachtmeister wartete, sah sich Hiebler weiter um. Er kannte Knolls Atelier noch von seinem letzten Aufenthalt in Würzburg. Nichts hatte sich verändert: das mit schwarzen Vorhängen abtrennbare Abteil mit den unterschiedlichen Hintergründen für Porträtaufnahmen, der Hängemappenwagen mit den abholbereiten Aufnahmen, die Theke mit der Kasse. Hiebler ging hinter den Ladentisch und öffnete jede einzelne Schublade. Er fand Auftragsscheine, Rechnungen von Lieferanten und sauber handschriftlich geführte Geschäftsbücher. In einer Schublade im äußersten, untersten Eck des Thekenschranks fand er einen Stoß Fotoabzüge auf Barytpapier. Hiebler bückte sich, nahm die Bilder aus der Schublade und legte sie auf den Tisch, um sie genauer betrachten zu können. Schon nach dem ersten Bild, wusste er, warum Knoll die Fotos in der untersten Schublade versteckt hatte: Es waren ausschließlich Aktaufnahmen junger Frauen, die sich in unterschiedlichen Posen auf einem Kanapee räkelten.

»Schau an, schau an«, murmelte Hiebler mit einem Lächeln auf den Lippen.

Es waren etwa 20 Aktfotos. Nach den ersten drei Bildern fand Hiebler eine Serie von Aufnahmen mit einem Model, welches ihm bekannt vorkam. Es war Rosa, das Dienstmädchen der Gräfin von Wachtmeister, mit der er eine gemeinsame Nacht in dem dunklen und engen Zimmer im Stadtteil Pleich verbracht hatte. Etwas wehmütig sortierte er die Abbildungen von Rosa aus, steckte sie sich in die Tasche seines Jacketts und legte die anderen Bilder wieder in die Schublade.

Anschließend ging er im Zimmer umher. Er betrachtete das Kanapee in der Ecke des Raums genauer. Hier waren die Nacktaufnahmen gemacht worden, dachte er sich. Hiebler setzte sich auf das Sofa und strich mit beiden Händen über den samtenen Bezug, bis seine rechte Hand zwischen zwei Kissen etwas ertastete.

Er zog ein Papier hervor, faltete es auseinander und las den Inhalt. Es war das Telegramm, welches Knoll am Tag zuvor erhalten hatte.

Hiebler schreckte hoch. »Das gibt es doch gar nicht«, murmelte er vor sich hin.

»Hast du einen Geist gesehen, so bleich wie du bist?«, fragte plötzlich Deschel, der gerade wieder in den Laden kam.

»Das nicht, aber etwas anderes, was mir, glaube ich, gar nicht gefällt«, antwortete Hiebler.

»Und das wäre was?«

»Hier, lies«, sagte Hiebler und hielt Deschel das Telegramm hin.

Deschel griff sich das Papier. »Kramer hat berichtet. Löwe will Spatz fangen. Vogel muss fliegen«, las er laut.

»Und? Was soll der Schmarrn bedeuten?«, fragte er und gab Hiebler das Papier zurück, der es in seine Hosentasche steckte.

»So ganz klar ist mir das auch noch nicht«, antwortete Hiebler. »Eines ist jedoch sicher: Es gibt eine gesicherte Verbindung zwischen Kramer und Knoll. Und dann muss es da noch eine dritte Person geben, die beiden berichtet und Anweisungen zu geben scheint.«

»Und wer bitte ist Kramer?«

»Ernst Kramer ist ein in München stadtbekannter Anarchist! Das Telegramm ist von gestern. Für mich bedeutet das, dass Knoll das Telegramm bekam und anschließend geflüchtet ist.«

Deschel schüttelte nachdenklich den Kopf. »Severin geflohen? So schnell nach diesem seltsamen Telegramm? Aber wenn er freiwillig verschwunden wäre, dann hätte er doch nicht bei sich einbrechen müssen. Vielleicht ... vielleicht ist er ja entführt worden?«

»Ich weiß es nicht, Friedhelm. Das müssen wir wohl herausfinden. Hast du in seiner Wohnung etwas gefunden?«

»Nichts! Die Tür stand offen, dieses Mal ohne Einbruchspuren. Und dann waren noch ein paar Schubladen geöffnet, von denen ich weiß, dass Severin dort seine Papiere aufbewahrt.«

»Hm!«, brummte Hiebler. »So schnell werden wir das wohl nicht lösen können, was sich da ereignet hat.«

»Und nun?«, fragte Deschel.

»Lass uns zurück zur Wache gehen«, antwortete Hiebler. »Ich denke, dass ich deinen neuen Telefonapparat benutzen muss. Ich muss mit den Kollegen in München reden.«

Auf dem Weg zurück redeten die beiden kein Wort miteinander. Jeder war damit beschäftigt, sich einen Reim auf die bisherigen Ereignisse zu machen. Für Deschel stand der schwerwiegende Verdacht gegen seinen Cousin im Vordergrund. Kontakt mit einem Anarchisten? Unvorstellbar!

Hiebler dachte an das seltsame Telegramm. Und dann waren da noch die Aktfotografien von Rosa in seiner Jackentasche. Er wusste jetzt, dass er sie wiedersehen wollte.

Als die beiden wieder in Deschels Büro angekommen waren, ging Hiebler sofort zum Telefonapparat. »Ich darf doch, oder?«, fragte er.

»Bitte!«, sagte Deschel. »Ich gehe mal davon aus, dass du weißt, wie das funktioniert.«

Hiebler blickte bedröppelt auf Deschel. »Ehrlich gesagt: nein. Ich habe bisher noch nie telefoniert.«

Deschel konnte sich ein schadenfrohes Lächeln nicht verkneifen. »Na, dann pass mal auf: Als Erstes solltest du den Generator über die Kurbel aufladen, damit das Ganze überhaupt funktioniert. Das Teil aus Holz mit dem Kabel ist der Hörer. Zum Sprechen benutzt du das schwarze runde Ding da vorne. Du nimmst den Hörer ab, drückst dreimal gegen die Gabel und dann sagst du der Vermittlung, wen du wo sprechen möchtest. So einfach ist es.«

Hiebler nickte aufmerksam wie ein Schüler, dem man gerade eine schwierige mathematische Formel erklärt hatte. Dann befolgte er konzentriert die einzelnen Schritte.

Nach etwa einer halben Minute hörte er tatsächlich Kriegers Stimme aus dem hölzernen Trichter, den er sich an das Ohr hielt. »Das ist Iannis! Unglaublich! Ich, ich höre Iannis Krieger …«, stammelte er und blickte grinsend auf Deschel.

»Schön! Jetzt musst du nur noch da hineinsprechen, dann hört er dich auch«, erwiderte dieser und zeigte auf den hölzernen Kasten an der Wand.

Hiebler nickte aufgeregt. Er drehte sich zu dem Apparat.

»Iannis, hörst du mich?«, schrie er, so laut er konnte, in das Mikrofon.

»Ja, aber bitte schrei nicht so«, ertönte Kriegers

Stimme aus dem Hörrohr. Es rauschte zwar etwas, und die Stimme war leiser als sonst, aber es war eindeutig Iannis Krieger im entfernten München, mit dem Hiebler telefonierte.

»Unglaublich«, jubelte Hiebler. »Iannis, das ist unglaublich!«

»Deine Begeisterung freut mich, Georg, aber ich denke mal, dass du mir über die Fernleitung auch etwas mitteilen möchtest. Hier in München haben sich auch einige Dinge ergeben, über die ich dich informieren muss.«

»Natürlich, Iannis, natürlich«, erwiderte Hiebler. »Entschuldige bitte!«

Er konnte es immer noch nicht glauben, dass ein Gespräch über solch eine Entfernung möglich war, versuchte jedoch, sachlich zu bleiben. Er wurde rot im Gesicht. Sein kindliches Benehmen war ihm jetzt sichtlich peinlich.

»Iannis, es geht um Knoll«, fuhr Hiebler fort. »In sein Atelier wurde eingebrochen. Knoll ist verschwunden. Friedhelm – ich meine Major Deschel, der Chef der Würzburger Gendarmerie, der übrigens neben mir steht, denkt, dass er sogar entführt wurde. Und dann ist da noch was. Ich habe in dem Atelier ein Telegramm von gestern gefunden. Der Inhalt ist uns rätselhaft.«

»Kannst du mir das Telegramm vorlesen?«, fragte Krieger am anderen Ende der Leitung.

»Ja, das kann ich«, antwortete Hiebler und zog das Blatt Papier aus seiner Hosentasche. »Kramer hat berichtet – Stopp – Löwe will Spatz fangen – Stopp –

Vogel muss fliegen«, las er vor. »Kramer ist klar, das heißt, dass er über unseren Verdacht dem Mittelsmann oder wem auch immer erzählt haben muss. Was Löwe und Spatz bedeuten, weiß ich nicht.«

»Hm, lass mich mal überlegen«, erwiderte Krieger. »Der Löwe will den Spatzen fangen. Wenn das Kramer berichtet, heißt das, dass der Spatz wohl ein Mittäter, ein Hintermann oder vielleicht sogar Knoll selber ist.«

»Und wer soll dann der Löwe sein?«, fragte Hiebler.

Krieger musste laut lachen. »Du sagst, dass neben dir ein Gendarm steht?«

»Ja, warum? Was ist daran witzig?«

»Trägt der Gendarm eine Pickelhaube?«

»Nein, er hat sie neben sich auf den Tisch gestellt. Iannis, was soll das?«

»Dann schau dir mal genau das königliche Wappen auf der Pickelhaube an!«

Zu Deschels Verwunderung bückte sich Hiebler nach vorne und musterte dessen Kopfbedeckung. Jetzt sah er das königliche Wappen mit den beiden Löwen golden schimmernd.

»Klar, wie dumm von mir«, erwiderte Hiebler. »Der Löwe, das sind wir.«

»Sieht so aus, Georg. Knoll wurde gewarnt, dass wir ihm auf der Spur sind. Was mich nur wundert, ist, dass er scheinbar das Telegramm nicht direkt von Kramer bekommen hat – sonst hätte er sich den ersten Satz sparen können. Es muss folglich jemanden geben, der zwischen Kramer und Knoll Informationen vermittelt oder austauscht. Gibt es einen Absender?«

Hiebler musterte das Telegramm. »Es ist Knolls Adresse vermerkt, der Stempel des Postamts Würzburg, das Eingangsdatum, aber kein Absender. Die Nachricht ist auch nicht mit einem Namen unterzeichnet.«

»Wäre ja auch zu schön gewesen«, seufzte Krieger.

»Und wie geht es jetzt weiter?«, fragte Hiebler. »Sollen wir weiter nach Knoll suchen?«

Krieger schwieg am anderen Ende.

»Iannis?«, fragte Hiebler.

»Ich denke, dass ihr ihn nicht mehr finden werdet«, erwiderte Krieger schließlich. »Aber versuch doch mal herauszufinden, vom wem das Telegramm kam. Frag im Postamt nach. Ich werde inzwischen Kramer verhaften. Wir brauchen mehr Informationen – und zwar jetzt.«

»Einverstanden«, erwiderte Hiebler. »Ich werde dich morgen wieder anrufen.«

»Gut so, Georg!«, sagte Krieger. »Ach, und Georg …, da gibt es noch eine Sache, die ich dir mitteilen wollte. Major von Schlier hat sich nochmals gemeldet. Der Prinzregent wird am 17. September Aschaffenburg besuchen. Vorab möchte er für einige Wochen die Sommerfrische in Bad Kissingen genießen. Auf dem Weg dorthin hat er vor, ein oder zwei Tage in Würzburg zu verbringen. Das Hofamt lässt mitteilen, dass der Prinzregent in fünf Tagen die Residenz beziehen möchte. Er kommt am Montagmorgen mit einem Sonderzug am Würzburger Hauptbahnhof an.«

»Der Prinzregent? Hier? In Würzburg?«, stotterte Hiebler. »Nächsten Montag schon?«

»Sieht ganz so aus, Georg. Du weißt, was das bedeutet! Mach's gut!«

»Ja, äh nein ... das heißt, dass ...«, stammelte Hiebler. Krieger hatte das Gespräch zwischenzeitlich beendet.

»Georg?«, fragte schließlich Deschel nach einer Weile. »Habe ich dich richtig verstanden: Der Prinzregent kommt in einer knappen Woche nach Würzburg?«

Hiebler nickte. »Ja, das hat Hauptmann Krieger gesagt.«

Deschel hob die Augenbrauen und seufzte. »Allmächtiger! Dann weiß ich ja, was ich die nächsten Tage zu tun habe: Einsatzpläne entwerfen, Wachpersonal einteilen, Routen abstecken ... oje, oje.«

»Ich hoffe für dich, mein lieber Friedhelm, dass die Würzburger Gendarmerie bald nicht auch mit anderen, weitaus schwerwiegenderen Problemen beschäftigt sein wird«, sagte Hiebler und legte den Hörer wieder auf die Gabel des Telefons.

Kapitel 9

Wie von Krieger vorgeschlagen, machte sich Hiebler am nächsten Tag daran, mehr Informationen über den Absender des Telegramms zu erlangen. Deschel arbeitete währenddessen mit den beiden Oberwachtmeistern an den Vorbereitungen für den Besuch des königlichen Hofstaats.

Es ist wie im Winter, dachte sich Hiebler. Während sich die Gendarmerie mit irgendwelchen Einsatzplänen beschäftigt, bleibt die Ermittlungsarbeit ausschließlich an mir hängen.

Hiebler ging zunächst zum Würzburger Telegrafenamt in die Hofstraße. Er stellte sich einem Schalterbeamten als Mitarbeiter des Innenministeriums vor, der ihn direkt in ein kleines und aufgeräumt wirkendes Büro hinter dem Schalter führte, in dem der Filialleiter residierte.

»Grüß Gott, Assessor Hiebler aus dem Innenministerium seiner Majestät«, stellte sich Hiebler auch diesem vor und streckte die rechte Hand aus. Der Filialleiter, ein mittelgroßer Mann mit Halbglatze und grauem Schnurrbart stand etwas erschrocken auf, verbeugte sich tief und reichte Hiebler die Hand.

»Schmerl, Direktor Schmerl. Freut mich, Herr Assessor. Wie kann ich Ihnen dienen?«, erwiderte der Mann ehrfürchtig und wies Hiebler einen Stuhl zu.

»Es geht um eine Angelegenheit von äußerster Brisanz und Wichtigkeit«, antwortete Hiebler, nachdem sich beide gesetzt hatten. »Ich komme extra aus München und erwarte Ihre volle Loyalität und Unterstützung bei meinen Ermittlungen.«

»Aber selbstverständlich, Herr Assessor. Sie können sich voll auf mich verlassen. Ich bin genau wie Sie bayerischer Beamter im Dienste seiner Majestät«, sagte Schmerl und blickte neugierig auf Hiebler.

Hiebler spitzte die Lippen und nickte zustimmend. »Gut, Herr Direktor Schmerl«, begann er. »Nichts anderes habe ich von Ihnen erwartet. Ich will nicht Ihre kostbare Zeit stehlen und daher sofort beginnen: Wir haben Grund zu der Annahme, dass hier, in Würzburg, anarchistische Terroristen wirken, die unserem gemeinsamen obersten Dienstherrn nach Leib und Leben trachten.«

Mit hochgezogenen Augenbrauen und offenem Mund starrte Schmerl auf Hiebler. »Terroristen, hier in Würzburg? Das kann nicht sein! Unmöglich, Herr Assessor, unmöglich!«

»Glauben Sie, ich bin zum Spaß hier?«, fragte Hiebler.

»Nein, Herr Assessor, natürlich nicht. Entschuldigen Sie bitte, aber ...«

»Gut! Ich brauche von Ihnen Informationen zu einem Telegramm, welches gestern an einen Herrn Severin Knoll zugestellt wurde. Wir müssen wissen, wer der Absender war.«

»Ist das Telegramm nicht vom Absender unterzeichnet worden?«, fragte Deschel.

»Natürlich nicht!«, antwortete Hiebler erbost. »Sonst würde ich Sie ja wohl nicht fragen.«

Schmerl wurde jetzt rot, ihm lief der Schweiß von der Stirn.

»Es tut mir inständig leid, aber ... aber ... ich ... ich fürchte, dass ich Ihnen dann nicht helfen kann«, stammelte Schmerl. »Sie müssen wissen, wie die Nachrichtenübermittlung funktioniert. Wir arbeiten mit der elektrischen Telegrafie. Mit dem Morseapparat wird eine an das jeweilige Telegrafenamt gerichtete Nachricht über den Ticker auf einen Papierstreifen ausgedruckt. Anschließend wird der verschlüsselte Text von einem meiner Mitarbeiter in Schreibschrift überführt und das Telegramm via Postbote zugestellt. Wir bekommen nur den Inhalt der Nachricht und den Empfänger mit. Wenn er sich nicht zu erkennen geben will, bleibt der Absender anonym.«

Hiebler war nicht zufrieden mit der Antwort. Andererseits gab es keinen Grund zur Annahme, dass Schmerl ihm etwas vormachte.

»Und welche Daten oder Informationen bekommen Sie, wenn jemand bei Ihnen ein Telegramm aufgibt?«, hakte er nach.

»Der Name der beauftragenden Person wird mit der bezahlten Summe im Kassenbuch festgehalten – für unsere Bilanzen«, antwortete Schmerl.

»Und der Inhalt des Telegramms?«, fragte Hiebler weiter.

»Der Kunde diktiert, wie gesagt, dem Schalterbeamten den Inhalt, dann erfolgt die Bezahlung in Abhängigkeit von der Anzahl der Buchstaben. Die diktierte Nachricht wird an dem Telegrafendienst weitergeleitet und mittels Morseapparat verschickt. Anschließend wird der Zettel vernichtet.«

Genervt schnaubte Hiebler durch die Nase.

»Das müssen wir so machen, Herr Assessor«, fuhr Schmerl fort. »Das Briefgeheimnis – wir sind per Gesetz dazu verpflichtet.«

»Ach, hören Sie mir mit Ihrem Briefgeheimnis auf«, erwiderte Hiebler erbost. »Es geht darum, eine Straftat zu verhindern.«

Teils eingeschüchtert, teils verzweifelt zog Schmerl die Schultern hoch.

Hiebler rieb sich angestrengt die Schläfen. Außer dem Tag wusste er nichts, nicht mal das Land, geschweige denn die Stadt, aus der das Telegramm an Knoll verschickt wurde. Schließlich kam ihm ein Gedanke.

»Und wenn nun Knoll ein Antworttelegramm von hier aus an den eigentlichen Absender geschickt hat?«, murmelte er vor sich hin.

»Herr Assessor, es tut mir leid, aber wie ich bereits sagte: Es wird nur der Name der aufgebenden Person im Kassenbuch vermerkt. Inhalt und Adressat werden vernichtet.«

Hiebler kniff die Augen zu und rieb sich erneut die Schläfen. Er dachte laut nach. »Und wenn ich den zuständigen Beamten, der die Nachricht über den Morseapparat erhalten hat, frage? Vielleicht kann er sich noch an Inhalt und Absender erinnern?«

Schließlich blickte er auf Schmerl. »Ich muss mit dieser Person sprechen, jetzt sofort!«

Schmerl hob die Hände und ließ sie auf die Oberschenkel fallen. »Na gut«, erwiderte er frustriert. »Kommen Sie bitte mit.«

Der Direktor des Telegrafenamts führte Hiebler in den Morseraum. Hiebler vernahm als Erstes ein dauerhaftes Brummen und roch den Geruch von verbranntem Staub. Das Brummen ging von einer seltsamen Apparatur mit gewickelten dicken Kupferdrähten, in Stoff gehüllten Kabeln und mehreren Schaltern aus. An der Wand war ein Tisch platziert, auf dem eine längliche Maschine, gebaut aus Holz und Messing, stand. Diese war wiederum mit einem dicken Kabel mit dem brummenden Ungetüm in der Ecke verbunden. Vor dem Tisch saß ein kleiner, schlanker Mann mit dunkelblonden Haaren. Der Mann schien Hiebler und Schmerl nicht wahrzunehmen. Stattdessen betätigte er konzentriert mit dem Zeigefinger der rechten Hand in rasant schnellen Bewegungen eine Morsetaste. Schmerl hob die Hand und signalisierte Hiebler zu warten.

Etwa nach einer Minute war der Mann fertig. Er drehte sich freundlich lächelnd zu den beiden anderen Männern Raum um. »Herr Direktor?«, fragte er.

»Herr Gerstler, das ist der Herr Assessor Hiebler aus München. Er ermittelt in einer Straftat und möchte gerne ein paar Fragen an Sie stellen.«

Hiebler war immer noch von dem Brummen und dem seltsamen Geruch beeindruckt.

»Das, was so brummt, sind das Relais und der Schreibtelegraf«, begann Gerstler, der Hieblers Gedanken zu lesen schien. »An das Geräusch und den Geruch gewöhnt man sich«, fuhr er fort. »Wenn man abends zu Hause ist, hat man fast das Gefühl, es fehlt einem etwas. Die Geräte werden immer leistungsstärker, sollten Sie wissen.«

Entgegen seiner ursprünglichen Schweigsamkeit schien der Mann jetzt gar nicht mehr mit dem Reden aufhören zu wollen. »Wissen Sie, elektrischer Strom ist ein Segen für die Menschheit. Es wird alles leichter, schneller und effektiver. Und das ist bei Weitem noch nicht alles. Am Pleicherring, gleich beim Hauptbahnhof, da sollten Sie mal in das Physikalische Institut der Universität schauen. Dort wird gerade eine Starkstromanlage mit riesigen Generatoren gebaut. Ziel ist, die elektrische Strahlung weiter zu erforschen. In ein paar Wochen fängt ein neuer Professor an der Universität an. Stand sogar in der Zeitung. Herr Professor Wilhelm Conrad Röntgen heißt er. Habe ich mir extra gemerkt. Er muss ein Experte auf diesem Gebiet sein. Man hat ihn nach Würzburg berufen, damit er sich der Erforschung der Elektrophysik widmen kann. Ich bin mir sicher, dass ...«

»Gerstler!«, unterbrach ihn schließlich Schmerl. »Das ist alles sehr interessant, aber der Herr Assessor ist in Eile.«

»Kein Problem, Herr Direktor«, fuhr Gerstler fort.

»Ich kann mir nur vorstellen, dass gerade für jemanden aus München diese Forschungen doch …«

In diesem Moment wurde das Brummen der Maschine merklich stärker, es gab einig klackende Geräusche, und wie von Geisterhand betrieben, begann sich eine kleine Trommel zu drehen, auf der ein etwa zwei Zentimeter breites Papierband aufgewickelt war. Das Band lief mit einem unregelmäßig tickenden Geräusch durch die Maschine durch. Auf der anderen Seite kam es schließlich, mit winzigen Punkten und Strichen versehen, wieder zum Vorschein.

»Entschuldigung, da kommt gerade eine Nachricht«, sagte Gerstler und warf einen Blick auf den Streifen. Als das Brummen und Ticken wieder aufhörte, riss er den Streifen ab, überflog ihn kurz und breitete ihn sorgfältig auf dem Tisch aus.

»Können Sie mir bitte erklären, was das ist und was Sie jetzt damit machen?«, fragte Hiebler.

»Sehr gerne!«, antwortete Gerstler. »Eine Nachricht ist mit dem Morseapparat übertragen worden. Ich werde jetzt die Morsezeichen, also die einzelnen Punkte und Striche, die Sie auf dem Papierstreifen sehen, in Buchstaben übersetzen. Dann schreibe ich das auf eine Telegrammkarte, setze meinen Stempel drauf und übergebe es an den Eilboten.«

»Das heißt, dass Sie hier nicht nur Botschaften schicken, sondern auch empfangen?«, fragte Hiebler weiter.

»Selbstverständlich! Jetzt im Sommer mache ich das alleine. Wenn mehr los ist, sind wir zu zweit hier und teilen uns die Arbeit.«

»Und wie viele Telegramme sind das pro Tag?«

»Derzeit etwa 15 bis 20 gesendete pro Tag und die gleiche Zahl an verschickten Telegrammen.«

Hiebler dachte nach. Schließlich reichte er Gerstler das an Knoll verschickte Telegramm. »Kommt Ihnen das bekannt vor?«

Gerstler warf einen kurzen Blick darauf. »Ja, das kam gestern Vormittag an. Ich habe mich noch gewundert, warum ein Löwe einen Spatzen fangen will. Aber wissen Sie, eigentlich darf uns der Inhalt ja gar nicht interessieren. Wir müssen strikt das Briefgeheimnis befolgen, sollten Sie wissen. Jede Missachtung …«

»Jaja, ist mir bekannt«, unterbrach ihn Hiebler genervt. »Aber können Sie sich denn zufällig noch erinnern, wer der Absender dieses Telegramms war?«

»Wenn kein Absender unterzeichnet, weiß ich auch nicht, von wem das Telegramm verschickt wurde.«

Hiebler nickte. »Ja, das hat mit Herr Direktor Schmerl auch schon mitgeteilt«, murmelte er frustriert vor sich hin.

»Aber vielleicht hilft Ihnen, dass ich gestern Mittag, relativ bald, nachdem dieses Telegramm hier ankam, eine weitere Botschaft mit ähnlichem Text verschickt habe«, fuhr Gerstler fort und wedelte mit dem Telegramm.

Hiebler riss die Augen auf. »Und wohin wurde das verschickt?«, fragte er aufgeregt.

»In die Schweiz, nach Zürich«, antwortete Gerstler.

»Sind Sie sich da sicher?«, hakte Hiebler nach.

»Ganz sicher, Herr Assessor.«

»Und der Inhalt der Nachricht?«

Gerstler musste nun schmunzeln. »War so etwas wie: ›Spatz ist entflogen, Geselle übernimmt Stangen in Kammer‹. Ich kann mich noch gut an die Nachricht erinnern, weil ich mich für den Spatzen gefreut habe, dass er nicht vom Löwen gefangen wurde. Verrückt, was manche Menschen da so an Nachrichten verschicken, oder?«

»Spatz ist entflogen, Geselle übernimmt Stangen in Kammer. War das die Nachricht?«, fragte Hiebler nach.

»So habe ich es in Erinnerung, Herr Assessor«, antwortete Gerstler.

»Und diese Nachricht wurde nach Zürich verschickt?«

»Ja, da bin ich mir 100-prozentig sicher. Ich hatte da so ein Bild vor Augen, wie ein Spatz nach Zürich fliegt. Verrückt, oder?«

»Und der Absender war Severin Knoll?«

Gerstler wartete etwas mit der Antwort.

»Das kann ich Ihnen leider nicht bestätigen, da auch dieses Mal kein Absender vermerkt wurde. Aber Sie können ja im Kassenbuch nachsehen, ob ein Herr Knoll ein Telegramm um die Mittagszeit aufgegeben hat.«

Hiebler lächelte nun zufrieden. »Herzlichen Dank, Sie haben mir sehr geholfen«, sagte er und drehte sich um. »Herr Direktor Schmerl, wenn Sie mir nun bitte einen Einblick in das Kassenbuch gewähren.«

Sie gingen beide zielstrebig zur Kasse in der Schalterhalle. Schmerl ließ sich von einem Schalterbeamten das

Kassenbuch überreichen. Er blätterte zurück und überprüfte die Einträge des gestrigen Tages.

Nach einiger Zeit warf er die Stirn in Falten.

»Und?«, fragte Hiebler ungeduldig.

»Es tut mir leid«, antwortete Schmerl. »Aber ein Eintrag mit dem Namen Knoll ist nicht aufgeführt. Weder gestern noch heute noch vorgestern.«

»Das kann nicht sein!«, erwiderte Hiebler wütend. Er sah auf den Beamten im Kassenhäuschen, einen jungen Mann mit spärlichem Schnauzbart. Er trug die gleichen Ärmelschoner, wie sie Hiebler von den Sekretären im Ministerium kannte. »Dann haben Sie den Eintrag vergessen!«

»Ich, nein, unmöglich«, antwortete der Schalterbeamte verwirrt. »Herr Direktor, Sie wissen, dass Sie sich immer auf mich verlassen können«, fuhr er, an Schmerl gewandt, fort.

Schmerl händigte dem Beamten das Kassenbuch wieder aus.

»Herr Assessor«, wandte er sich nun erbost an Hiebler. »Wie Sie festgestellt haben, sind wir hier alle hilfsbereit und wollen Sie bei Ihren Ermittlungen unterstützen. Für mein Personal lege ich die Hand ins Feuer. Wenn kein Eintrag im Kassenbuch zu finden ist, dann wurde auch von Herrn Knoll kein Telegramm in Auftrag gegeben – zumindest nicht in dieser Filiale!«

Schmollend schob Hiebler die Lippen nach vorne.

»Ja, genauso ist es. Fragen Sie doch in den anderen Filialen!«, ergänzte der Schalterbeamte trotzig.

»Wie darf ich das verstehen?«, fragte Hiebler nun freundlicher nach. Er wusste, dass er wieder mal zu ungestüm vorgegangen war. »Das heißt, dass Telegramme in anderen Filialen aufgegeben werden können, aber von hier aus verschickt werden?«

»Korrekt!«, antwortete Schmerl. »Das hier ist das Würzburger Telegrafenamt. Wir empfangen und verschicken Telegramme. Aufgeben kann man die Texte auch in den Filialen am Hauptbahnhof sowie in der Schönbornstraße. Immer mittags kommt ein Bürobote und liefert die Aufträge hier ab.«

Hiebler nickte erleichtert. »Vielen Dank für die Hilfe und die Auskunft, Herr Direktor Schmerl. Sie haben der Regierung Seiner Majestät einen großen Dienst erwiesen.« Damit verließ er das Telegrafenamt.

Verdutzt schauten ihm die beiden Männer hinterher.

»Diese Münchner Snobs sind mir unsympathisch«, murmelte Schmerl. »Wissen alles besser und sind dabei auch noch unhöflich.«

Für den kurzen Weg von der Hofstraße zur Postfiliale in der Schönbornstraße brauchte Hiebler weniger als fünf Minuten. Im Kassenbuch dort wurde er rasch fündig. Knoll hatte tatsächlich am späten Vormittag des gestrigen Tages ein Telegramm in Auftrag gegeben. Zufrieden mit sich selbst und dem Ergebnis seiner Ermittlungen ging Hiebler ins Rathaus zurück und dachte nach. Als Nächstes würde ihm Deschel helfen müssen, mehr über Knoll zu erfahren – ob er Lust hatte oder nicht!

Hiebler fand Deschel in dessen Büro. Wie am Tag zuvor, saß er nur mit einem Unterhemd an seinem Schreibtisch und beugte sich über einen Stapel Dokumente.

»Da bist du ja, Georg«, wurde Hiebler von Deschel begrüßt. »Dein Kollege, ein Hauptmann Krieger aus München, hat hier angerufen und wollte mit dir sprechen. Er meldet sich später noch mal.«

»Danke, Friedhelm«, erwiderte Hiebler. »Hat er gesagt, um was es geht?«

Deschel schüttelte den Kopf und widmete sich wieder seinen Papieren.

»Friedhelm, ich weiß, dass du viel Arbeit hast, aber wir müssen uns über Knoll unterhalten«, fuhr Hiebler fort.

»Jetzt?«, fragte Deschel.

Hiebler nickte.

»Na gut, dann verbinden wir das mit einem Gang auf den Markt. Ich habe sowieso Hunger«, erwiderte Deschel, zog sich Hemd und Jacke an und stand auf.

Sie schlenderten beide über den Markt, der nur einen Steinwurf vom Rathaus entfernt war. An einer Bude direkt vor der *Marienkapelle*, an der gegrillte Würste verkauft wurden, bedienten sie sich. Dann stellten sie sich an den Stand, ließen sich die Mittagssonne ins Gesicht scheinen und nahmen ihren Imbiss ein.

»Friedhelm, ich bin mir inzwischen sicher, dass dein Vetter ein gesuchter Verbrecher ist«, begann Hiebler. »Kaum, dass er eine Nachricht erhält, dass wir ihm auf der Spur sind, verschwindet er und kündigt dies auch noch vor seiner Flucht in einem Telegramm an.«

»Das hast du also heute herausgefunden«, sagte Deschel gelassen mit vollem Mund.

»Ja, Knoll hat nach Zürich telegrafiert, dass ein Geselle seine Arbeit übernehmen muss.«

»Severin hat keinen Gesellen. Hat nie einen gehabt. Sein letzter Gehilfe warst du, als ihr bei den Theosophen die Geisterbilder gemacht habt.«

Deschel musste jetzt breit grinsen.

»Friedhelm, ich bitte dich«, erwiderte Hiebler genervt. »Das ist wirklich kein Spaß. Wir vermuten stark, dass Knoll an der Planung eines terroristischen Attentats auf den königlichen Hof beteiligt war und vielleicht noch ist.«

»Severin hat erstens keinen Gesellen, und zweitens ist er meiner Meinung nach auch kein Anarchist. Das habe ich dir aber alles schon mal erzählt.«

»Kannst du dir vorstellen, wohin er geflüchtet ist?«, fragte Hiebler.

»Keine Ahnung«, antwortete Deschel. »Die ganze Familie ist hier in Würzburg. Eine Frau hat Severin nicht. Soweit ich weiß, nicht mal eine Liebschaft.«

Hiebler musste jetzt an die Aktaufnahmen von Rosa denken, die er immer noch in seiner Jackentasche trug, verdrängte dann jedoch wieder den Gedanken.

»Außerdem, wenn du alles weißt, Georg«, fuhr Deschel fort, »würde mich interessieren, wie du dir den Einbruch in das Atelier erklären kannst.«

»Vielleicht wollte Knoll eine falsche Fährte legen, um somit seine Schuld oder Flucht zu vertuschen«, erwiderte Hiebler.

Deschel schüttelte den Kopf. Er schluckte den letzten Bissen runter und trank einen Schluck Wasser hinterher. »So, Georg, ich muss jetzt wieder an den Schreibtisch zurück. Denk daran, dass um 15 Uhr dein Kollege aus München noch mal anruft. Zwischenzeitlich kannst du ja Severin suchen gehen oder herausfinden, wer sein Geselle ist. Ich kann dir da nicht helfen.«

»Friedhelm, was soll das, ich dachte, dass du mir ...«, begann Hiebler.

»Wir sehen uns später!«, unterbrach ihn Deschel und ging zügig wieder zurück zum Rathaus.

Hiebler blickte Deschel sprachlos hinterher. Na gut, dann eben ohne Friedhelm – so wie immer, dachte er sich. Er beendete in Ruhe seine Mahlzeit und kaufte sich anschließend ein Glas *Silvaner*. Nach dem ersten Schluck musste er sich kurz schütteln. »Sauer, nein, trocken«, murmelte er vor sich hin und nahm einen weiteren Schluck. »Warum nennt man es eigentlich trocken, wenn es definitiv sauer ist? Man kann doch die Dinge beim Namen nennen und nicht umständlich umschreiben!«

Er blickte auf das rege Treiben der Passanten um ihn herum, trank erneut und überlegte, was nun zu tun sei. *Spatz ist entflogen, Geselle übernimmt Stangen in Kammer*, rekapitulierte Hiebler. Was bedeutet das? Knoll war der Spatz, der vor dem Löwen, der bayerischen Gendarmerie, fliehen konnte. Das erklärte, warum er nach dem ersten Telegramm verschwunden war. Aber was sollte der Geselle mit den Stangen in der Kammer? Und warum schickte er die Nachricht nach Zürich? Saß in Zürich die Person, welche alles plante und koordinierte? Der Mann im Hintergrund, der die Fäden in der Hand hielt, wie es Iannis beschrieben hatte? Ein Anarchist, der emigrieren musste? Iannis sollte versuchen, den Auslandsgeheimdienst des Reichs einzuschalten. So viele emigrierte Verbrecher würde es schon nicht geben. Und dann blieb noch der Geselle mit den Stangen. Knoll schien keinen Gesellen zu haben, woher kam er dann? Und was bedeuteten die Stangen? War es ein Maurergeselle, der ein Haus baut? Ein Maurer wie Kramer in München? ... Hm, sehr vage – vor allem wo sollte man den richtigen Maurergesellen finden? So wie es schien, wusste kein Mensch etwas von anarchistischen Umtrieben hier in Würzburg. Wo sollte man da anfangen zu suchen? Er konnte ja nicht jeden einzelnen Maurer ins Verhör nehmen. Außerdem schien ihm Deschel das alles zu blockieren. Wusste er tatsächlich nichts von Knolls politischen Umtrieben? Oder wollte er ihn decken?

Hiebler schüttelte den Kopf und trank sein Glas leer. Die pralle Sonne und der Wein stiegen ihm zu Kopf. Er beschloss, ein kleines Mittagsschläfchen in seinem Hotelzimmer zu machen, bevor das Telefonat mit Krieger anstand.

Kapitel 10

Nach seinem Mittagsschlaf erreichte Hiebler um kurz nach 15 Uhr Deschels Zimmer im Würzburger Rathaus.

»Du wirst schon erwartet«, sagte Deschel, ohne Hiebler zu begrüßen. »Hauptmann Krieger hat pünktlich um 15 Uhr hier angerufen.«

»Danke«, erwiderte Hiebler, ging zum Telefon und griff sich den Hörer. »Ja, hier Hiebler«, rief er laut in das Mikrofon. Es war ihm immer noch unbegreiflich, dass eine Unterhaltung auf solch eine Distanz möglich ist.

»Georg, hier ist Iannis«, sagte Krieger am anderen Ende der Leitung. »Wir haben Kramer verhaftet und ihn in den Kerker zu seinem Sohn gesteckt. Er bestreitet natürlich weiter, Knoll zu kennen oder an dem fehlgeschlagenen Attentat während der Elefantenjagd beteiligt gewesen zu sein. Als ich ihn mit dem Telegrammtext konfrontierte, stutzte er kurz. Dann faselte er noch etwas, dass unser aller Zeit vorbei sei. Mitstreiter der Revolution seien überall zu finden – auch am königlichen Hofe. Zu einem Geständnis hat er sich aber leider nicht bewegen lassen. Wir werden ihn im Kerker noch etwas schmoren lassen müssen. Vielleicht erreichen wir über seinen Sohn mehr. So richtig weiter sind wir aber nicht gekommen. Den oder die Hintermänner kennen wir nicht. Die fraglichen Informanten fehlen uns auch. Aber wenigstens ist Kramer jetzt aus dem Verkehr gezogen.«

Krieger machte eine kurze Pause. »Wie lief es denn bei dir? Hast du etwas über den Absender des Telegramms rausgefunden?«

»Ja und nein«, antwortete Hiebler. »Der Absender bleibt weiter unbekannt und lässt sich nicht so einfach feststellen. Ich habe jedoch herausgefunden, dass Knoll ein Antworttelegramm aufgegeben hat. Und das kurz, nachdem er das erste Telegramm bekommen hat.«

»Kennst du auch den Inhalt?«

»So ungefähr, laut dem Postbeamten, der die Nachricht verschickt hatte, war der Text wie folgt: ›Spatz ist entflogen, Geselle übernimmt Stangen in Kammer.‹ Für mich ergibt das keinen richtigen Sinn. Der erste Teil ist klar, aber wer ist der Geselle, und welche Stangen muss er übernehmen? Ich dachte an einen Maurergesellen wegen der Stangen und weil Kramer ja auch Maurer ist. Aber warum der dann in der Kammer etwas übernehmen muss, ist mir unklar.«

»Hm, lass mich überlegen«, erwiderte Krieger. »Wenn es sich tatsächlich um die Planung eines Attentats handelt, könnten das auch Dynamit-Stangen sein, die der Geselle übernehmen muss.«

»Das macht Sinn«, stimmte Hiebler zu. »Natürlich Dynamit-Stangen. Dann brauchen wir nur noch den

Gesellen und die Kammer klären. Laut Deschel hatte Knoll keinen Gesellen angestellt. Das bleibt also offen. Und die Kammer ...«

»... kann überall sein«, ergänzte Krieger. »Wir brauchen mehr Informationen. Weißt du zufällig, wohin das Telegramm von Knoll verschickt wurde? Wenn wir das herausfinden, dann kennen wir den oder die Hintermänner.«

»Auch hier lautet die Antwort Ja und Nein. Den genauen Adressaten kenn ich nicht. Was allerdings sicher erscheint, ist, dass das Telegramm in die Schweiz, nach Zürich, verschickt wurde. Vielleicht kommt von dort auch das Dynamit. Ein nach Zürich emigrierter bayerischer Anarchist, der Attentate plant und passenderweise das Dynamit gleich mitschickt. Wenn das keine Spur ist – oder was meinst du, Iannis?«, fragte Hiebler nicht ohne einen gewissen Stolz.

Er wartete auf eine Antwort, aber es herrschte Stille am anderen Ende der Leitung.

»Iannis?«, fragte Hiebler nach. Er drehte das Hörrohr um und schüttelte es. Dann horchte er genauer. Es blieb still.

»Iaaanis!«, schrie er schließlich in das Mikrofon. Deschel blickte verwundert hoch.

»Das muss kaputt sein«, sagte Hiebler, an Deschel gewandt.

»Blödsinn«, antwortete dieser.

»Entschuldige bitte, Georg«, tönte plötzlich Kriegers Stimme aus dem Hörer. »Ich musste nachdenken.«

»Und?«, hakte Hiebler nach.

»Nichts und«, antwortete Krieger. »Wir machen so weiter wie bisher.«

»Und wie oder was soll das sein?«, fragte Hiebler verwirrt.

Krieger schien immer noch abwesend zu sein. »Versuche du, mehr über die Kammer und den Gesellen herauszufinden. Ich begebe mich auf die Suche nach dem Hintermann«, antwortete er und legte auf.

Am späten Nachmittag des gleichen Tages machte sich der Mann aus Zürich auf den Weg zurück in sein Hotelzimmer. Er hatte den ganzen Tag damit verbracht, das Attentat zu planen. Er wusste, wann der Prinzregent eintreffen würde, wie viel Dynamit nötig wäre, und wo die Sprengstangen am besten platziert werden müssten, um eine maximale Sprengkraft zu erreichen.

Der Mann war guter Dinge, er war sich sicher, dass die Bombe gewaltig sein würde. Die Kutsche samt Insassen würde mit einem lauten Knall in die Luft fliegen, und der Prinzregent als Repräsentant einer verlogenen bürgerlichen Gesellschaft wäre verschwunden. Wie hatte es der Philosoph Max Stirner so treffend ausgedrückt: Einen Felsen, der mir im Wege steht, umgehe ich so lange, bis ich Pulver genug habe, ihn zu sprengen; die Gesetze eines Volkes umgehe ich, bis ich Kraft gesammelt habe, sie zu stürzen.

Der Mann aus Zürich war es gewohnt, nicht nur Felsen zu sprengen, sein Beruf war es, mit Dynamit Löcher in den Berg zu schlagen. Genauso wollte er vorgehen: So, wie sonst den Berg, wollte er die Gesellschaft und ihre Ikonen mit Sprengkraft zerstören und von innen aushöhlen.

Mit einem zufriedenen Lächeln ging er in sein Zimmer. Er legte sich, ohne Schuhe oder Kleidung auszuziehen, auf das Bett und starrte an die Decke. In einer Stunde würde er sich am Main mit Gesell treffen.

Nach dem Telefonat mit Krieger verließ Hiebler das Rathaus. Deschel war zu beschäftigt, außerdem schien es nicht so, als ob er das Gespräch suchte. Und was die Ermittlungsarbeit betraf, war Hiebler der Meinung, mit der neuen Erkenntnis des Züricher Hintermanns sein Plansoll erfüllt zu haben. Mehr war heute nicht zu tun, und mehr wollte er auch nicht arbeiten. Hiebler ging vom Rathaus direkt an den Main. Er marschierte flussabwärts einen Kiesweg entlang, der parallel zu dem träge dahinfließenden Gewässer verlief. Würzburg gefiel ihm jetzt im Sommer viel besser als im Winter. Die Bäume am Fluss zeigten ihre Blätterpracht, auf den Anhöhen links und rechts des Mains hatten die Rebstöcke dichtes Laub. Die noch unreifen Trauben waren deutlich zu erkennen. Hiebler pfiff ein Lied und genoss den Spaziergang. Es ging ihm gut. Vielleicht lag es daran, dass er dieses Mal erfolgreich ermittelte und nicht ständig von einer Katastrophe in die nächste tapste. Hiebler war zufrieden mit sich selbst und der Welt um ihn herum. Als ihm die Nachmittagssonne direkt ins Gesicht schien, zog er seine Jacke aus und warf sie sich um die Schulter. Beim Ausziehen des Jacketts fielen ihm die Aktfotos von Rosa aus der

Tasche. Beschämt blickte er sich um. Als er merkte, dass er von niemandem beobachtet wurde, sah er lächelnd auf die auf dem Boden liegenden Abbildungen. Langsam sammelte er sie wieder auf und steckte die Bilder in die Tasche. Dann fasste er einen Entschluss: Er wollte Rosa wiedersehen und am liebsten erneut die Nacht mit ihr verbringen – genauso wie vor ein paar Monaten Anfang Februar.

Hiebler ging zielstrebig zurück in sein Hotel am Barbarossaplatz. Er wusch und rasierte sich und striegelte seinen Scheitel glatt. Anschließend sprühte er sich mit einem Duftwässerchen ein und verließ sein Zimmer. Im Foyer des Hotels blickte er auf die Uhr. Es war 17.30 Uhr. Soweit er sich erinnern konnte, hatte Rosa um 18 Uhr Dienstschluss. Also marschierte er langsam los zum Haus der Gräfin von Wachtmeister in der Ludwigstraße. Er erinnerte sich, dass er zuletzt im Februar Rosa im Hinterhof des Gebäudes am Dienstboteneingang abgeholt hatte. Er wartete dort etwa zehn Minuten, sah oder hörte jedoch niemanden, geschweige denn Rosa. Also ging er zum Vordereingang. An der Klingel hing ein Zettel. Leise las er vor: »Sind für unbestimmte Zeit verreist, Pakete und Briefsendungen bitte bei Vogt im Nachbarhaus abgeben, gez. von Wachtmeister.«

Hiebler überlegte, ob er wieder ins Hotel zurückkehren und dort im Restaurant noch einen Happen essen sollte. Dann erinnerte er sich an das Haus in dem Stadtviertel Pleich, in dem Rosa mit ihrer Familie wohnte, und wo sie beide auch die Nacht miteinander verbracht hatten. Der Stadtteil Pleich fing hinter dem Juliusspital an und war somit nicht viel mehr als einen Steinwurf von seinem Hotel entfernt. Hiebler entschloss sich daher, einen kleinen Umweg zu machen.

Das Pleichviertel erinnerte ihn an die Münchner Au, die er und Iannis vor seiner Reise besucht hatten, um Kramer in die Mangel zu nehmen. Wie dort standen auch hier kleine schmucklose Häuser in engen Gassen um eine Kirche angeordnet. Jedes Haus hatte ein spitzes Dach, von dem meistens einer, selten mehr als zwei Schornsteine in die Höhe streckten. Die Fenster waren klein, und alles wirkte gedrungen. Wie bereits schon im Winter blies ihm eine stinkende Brise aus einer Mischung aus Tierkot und Verwesung in die Nase. Die Nähe zum Schlachthof war offensichtlich, jetzt im Sommer sogar noch stärker.

Langsam, etwas unsicher und nervös, schlich Hiebler durch die engen Straßen. Er wollte das Haus wiederfinden, in dem Rosa wohnte. Als er in der Pleichertorgasse kurz stehen blieb, um sich zu orientieren, hörte er plötzlich eine weibliche Stimme hinter sich.

»Wir kennen uns!«, sagte die Frau. »Sie sind doch der studierte Beamte aus München?«

Hiebler drehte sich um. Er erkannte sofort Rosas Mutter, die ihm freundlich lächelnd die Hand hinstreckte. In der linken Hand trug sie einen Korb, der voll mit Kartoffeln war.

»Hanna Gesell«, sagte Rosas Mutter. »Sie kennen mich noch?«

»Natürlich!«, antwortete Hiebler, lupfte mit der linken Hand den Hut und gab ihr seine rechte. »Hiebler, Georg, freut mich sehr!«

»Und Sie suchen die Rosa, oder? Dort vorne ist unser Haus. Kommen Sie mit.«

»Ist Rosa denn zu Hause?«, fragte Hiebler, während sie beide losmarschierten.

»Ja! Die Gräfin hat Würzburg verlassen und Rosa damit ihre Dienstmädchenstelle verloren. Jetzt hilft sie halt mehr im Haushalt mit, obwohl wir das Geld, das sie dort verdient hat, gut gebrauchen könnten.«

Hiebler nickte verständnisvoll.

»Rosa! Rosa, komm runter. Da ist Besuch für dich«, schrie ihre Mutter, als sie beide vor dem Haus angekommen waren. »Na, dann lass ich Sie mal alleine«, sagte sie anschließend zu Hiebler und betrat das enge Haus. »Hat mich gefreut, Sie wiederzusehen.«

»Auf Wiedersehen!«, sagte Hiebler und lupfte erneut den Hut.

Eine Minute später erschien Rosa vor der Tür. Sie trug ein schlichtes dunkelblaues Kleid. Ihre Haare waren zu einem Zopf gebunden. Über beide Schläfen hingen verschwitzte Haarsträhnen. Wahrscheinlich wurde sie gerade während einer anstrengenden Tätigkeit im Haus gestört.

Georg fand sie atemberaubend hübsch. Mit festgefrorenem Lächeln zog er den Hut und machte eine angedeutete Verbeugung.

»Georg? Du? Hier?«, fragte Rosa. »Das ist aber eine Überraschung. So plötzlich, wie du vor ein paar Monaten weg warst, so unerwartet bist du wieder hier.«

Sie strich sich die verschwitzten Strähnen aus der Stirn und erwiderte Hieblers Lächeln.

»Fräulein Rosa, ich … Rosa, ich freue mich, dich zu sehen«, stammelte er. »Ich bin dienstlich wieder in Würzburg und da dachte ich …«

»Da dachtest du an mich?«

»Ja, Rosa«, antwortete er schüchtern. »Ich würde dich gerne zum Abendessen einladen. Natürlich nur, wenn du Zeit hast.«

Rosa musterte Hiebler lächelnd.

»Schick siehst du aus!«, sagte sie.

»Danke, Rosa. Du siehst umwerfend aus, wenn du mir meine Direktheit verzeihst«, erwiderte Hiebler und wurde knallrot.

»Na gut!«, sagte Rosa immer noch lächelnd. »Warte hier auf mich! Ich bin sofort zurück.«

Sie drehte sich um und ging ins Haus. »Aber nicht wieder davonrennen!«, rief sie hinterher.

Nach etwa zehn Minuten, die Hiebler ungeduldig warten musste, kam Rosa zurück. Sie trug ein weißes Kleid mit Blumenstickereien und hatte einen ausladenden Hut auf. Es musste ihre beste Sonn- und Festtagskleidung sein. Ihre Haare waren hochgesteckt und die Lippen dezent geschminkt.

Hiebler war schwer beeindruckt. Wäre Rosa nicht das arme Dienstmädchen aus der Pleich gewesen, sondern die Tochter eines Stadtrats oder Würzburger Universitätsprofessors, wäre sie das Ziel aller Junggesellen gewesen. Hiebler war stolz und freute sich auf die gemeinsame Zeit mit ihr.

»Wohin soll es gehen?«, fragte Rosa.

»Ich weiß nicht«, antwortete Hiebler. »In eine Gartengaststätte am Main? Du bist hier zu Hause.«

Rosa runzelte die Stirn und dachte nach.

»Hm, besser nicht an den Main«, sagte sie schließlich. »Lass uns woanders einkehren.«

Lächelnd hakte sie sich bei Hiebler unter und führte ihn weg von der Enge und den üblen Gerüchen ihres Zuhauses.

Während Hiebler sich mit Rosa daran machte, den Abend und – so wünschte er es sich zumindest – auch die Nacht zu verbringen, saßen nicht unweit von der Pleich in einer kleinen Weinschänke am Main der Mann aus Zürich mit Hans Gesell, Rosas Bruder. Sie aßen frischen Fisch und tranken trockenen *Silvaner*. Nach dem Essen steckten sie die Köpfe zusammen und unterhielten sich in gedämpfter Lautstärke, sodass keiner um sie herum etwas von ihrem Gespräch mitbekam. Der Mann aus Zürich gab Hans Gesell präzise Anweisungen. In vier Tagen würde das Ereignis stattfinden. Viel Zeit hatten sie nicht mehr.

Rosa führte Hiebler über die Gerberstraße am Rathaus vorbei. Am Vierröhrenbrunnen mit seinen barocken Statuen und den wasserspeienden Delphinen bogen sie in die Augustinerstraße ein, bis sie am Johanniterplatz beim Gasthaus *Zum Deutschen Hof* ankamen.

Hiebler war beeindruckt von der unmittelbar am Main gelegenen Innenstadt, den stattlichen Häusern und den barocken Statuen. Im Sommer sah die Stadt anders aus – fühlte sich anders an. Das trübe Winterlicht war weg. Jetzt war es ein Sommerabend mit angenehmen Temperaturen. Kein lautes und unkontrolliertes Faschingstreiben, wie er es zuletzt noch im Februar erlebt hatte. Nein, es herrschte eine angenehme und beschwingte Atmosphäre. Hiebler genoss den Abend. Er wusste nicht, wann er sich das letzte Mal so gut gefühlt hatte. Rosa schien das zu bemerken.

»Dir scheint Würzburg zu gefallen?«, fragte sie.

Hiebler nickte grinsend und atmete tief ein und aus. »Es ist hier irgendwie entspannter als in München. Vielleicht liegt es an der Stadt, vielleicht am Wetter oder daran, dass ihr hier Wein statt Bier trinkt.«

Rosa kicherte und lehnte ihren Kopf an seine Schulter.

»Vielleicht liegt es aber auch an den Menschen, die hier wohnen«, fuhr er fort. »Vielleicht liegt es an mir … oder an dir?«

Rosa wurde rot und lächelte verträumt.

Eng Seite an Seite gehend, betraten sie das Gasthaus. Sie setzten sich an einen kleinen Tisch in den Hof der Anlage und bestellten Essen und Getränke.

Hiebler suchte nach einem Gesprächsthema, während sie auf ihr Bestelltes warteten.

»Deine Mutter hat mir erzählt, dass du nicht mehr für die Gräfin von Wachtmeister arbeitest?«, begann er.

»Nein, leider! Die Gräfin hat mit diesem seltsamen Friedrich von Merzig das Land verlassen. Sie sind ihrer Großmeisterin, der fetten Blavatsky, nach London hinterher gereist. Ich wäre gerne mitgekommen, aber mit dem kleinen Erich ging das nicht.«

»Erich, dein und Lindahls gemeinsamer Sohn?«

Rosa nickte. Dann blickte sie in den Himmel – es begann langsam zu dämmern – und dachte nach.

»Weißt du, Georg«, fuhr sie schließlich fort. »Ich liebe den kleinen Mann, aber manchmal ist es nicht einfach mit ihm. Seit dem Auszug der Gräfin suche ich verzweifelt eine Anstellung. Aber als Frau mit einem unehelichen Kind ist es sehr schwer. Die Gesellschaft ist nicht gerecht mit mir.«

»Vermisst der Junge einen Vater?«, fragte Hiebler nach. Er erinnerte sich, als er während des Faschingszugs im Februar den kleinen Erich kurz halten durfte. Er war überrascht und überfordert mit dem Kind auf seinem Arm. Die Situation war ihm damals peinlich gewesen. Aber dennoch war es kein unangenehmes Gefühl.

Rosa begann jetzt wieder zu lächeln.

»Nein, Georg, das glaube ich nicht«, erwiderte sie. »Das Problem ist nicht der Bub, es ist meine Situation als unverheiratete Frau mit einem Kind. Der Erich wird mit einer Horde von Cousinen, Cousins, Tanten und Nachbarskindern groß. In der Pleich kümmern sich die

Kinder um sich selbst, egal ob ehelich oder unehelich, ob mit oder ohne Vater.«

»Und wer gibt ihnen zu essen?«, fragte Hiebler verwundert.

Rosa musste kichern.

»Wenn es Abendessen gibt, stellt sich meine Mutter ans Fenster und brüllt laut auf die Straße raus.«

Sie hielt sich die Hände vor dem Mund und imitierte ihre Mutter. »Alle Kinder mit dem Namen Gesell zum Essen kommen – und zwar sofort! Wer nicht kommt, kriegt nichts!«

Hiebler sah beglückt auf Rosa. Sie war reizend.

»Oft kommen dann auch andere Kinder mit, die sicher keine Gesells sind«, fuhr sie kichernd fort. »Aber was soll's? Hauptsache, ein hungriges Maul wird gestopft! Nach dem Essen zieht die Horde wieder auf die Straße, bis jeder der wilden Bande todmüde in irgendein Bett fällt und schläft.«

Rosa ergriff Hieblers rechte Hand. Er streichelte zärtlich ihren Handrücken. Rosas Welt war so fremd und anders für ihn – aber wie und was sie von den Gesells erzählte, hörte sich freundlich und herzlich an.

In diesem Moment wurde das Essen serviert. Ihre Hände lösten sich, und beide lehnten sich zurück.

Während die Teller auf den Tisch gestellt wurden, begann es, in Hieblers Kopf zu arbeiten.

Als der Kellner wieder gegangen war, begann Rosa sofort mit dem Essen.

Hiebler wirkte nachdenklich und sah etwas verstört auf seine weibliche Begleiterin.

»Isst du nichts?«, fragte Rosa.

»Doch! Entschuldige«, sagte Hiebler und nahm Messer und Gabel in die Hand.

»Sag mal, Rosa? Wie lautet euer Nachname noch mal?«, fragte er, bevor er sich einen Bissen in den Mund schob.

»Gesell«, antwortete Rosa mit vollem Mund. »Warum?«

»Nur so«, wiegelte Hiebler ab und begann zu essen.

Gesell anstatt Geselle – es ist ein Name und kein Beruf, arbeitete es nun in Hieblers Kopf.

Der Gedanke ließ ihn nicht mehr los.

Beide genossen sie weiter den lauschigen Sommerabend und das, was anschließend in Hieblers Hotelzimmer während der Nacht folgte. Aber dennoch kam ihm immer wieder der gleiche Gedanke in den Sinn: Gesell anstatt Geselle – es ist ein Name und kein Beruf!

Kapitel 11

ALS HIEBLER AM nächsten Morgen aufwachte, war Rosa bereits verschwunden. Sie musste sich irgendwann in den frühen Morgenstunden aus dem Hotel geschlichen haben. Hiebler verließ sein Bett. Auf dem Toilettentisch des Zimmers fand er einen Zettel mit einer Notiz:

Musste nach Hause, vielen Dank für den Abend und die Nacht. Lauf nicht wieder davon! Deine Rosa

Lächelnd nahm er den Zettel und steckte ihn in seine Tasche.

Dann erledigte er seine Morgentoilette, zog sich an, frühstückte ausgiebig im Hotel und ging anschließend ins Rathaus.

Sein erster Weg führte ihn in das Meldeamt der Stadt. Er ließ sich von einem Beamten alle gemeldeten Einwohner mit dem Namen Gesell zeigen. Es waren insgesamt zwölf Personen, die alle die gleiche Adresse in der Pleich hatten, darunter auch Rosa und der kleine Erich. Dann muss der im Telegramm erwähnte Gesell entweder einer der Brüder Rosas oder ihr Vater sein, dachte er und ging weiter in das Gendarmeriebüro.

Hiebler öffnete die Tür zu Deschels Zimmer, ohne anzuklopfen.
»Friedhelm, du wirst es nicht glauben, aber …«
Er stockte mitten im Satz.
Zu seiner Überraschung saß Iannis Krieger neben Deschel.
Krieger trug einen hellgrauen Anzug. Zwischen den Beinen ruhte ein Gehstock mit silbernem Griff. In seinem Schoß lag eine hellgraue Melone passend zum Anzug. Er musste morgens mit dem Zug angekommen sein. Trotz der nächtlichen Reise sah er aus wie aus dem Ei gepellt.
»Guten Morgen, Georg!«, sagte Deschel. »Schön, dass du heute auch noch mal den Weg hierher findest. Wirst schon erwartet.« Er wies mit einer Kopfbewegung auf Krieger, der freundlich und entspannt grinste.
»Iannis, was treibt dich hierher?«, fragte Hiebler.
»Grüß dich, Georg«, antwortete Krieger. »Ich dachte mir, dass ich hier vor Ort in Würzburg nützlicher bin als in München. Deine Nachricht gestern hat mich doch etwas nervös gemacht.«
Er nahm seinen Stock und zeigte damit auf den Fernsprecher an der Wand.
»Gut! Äh, ja … trotzdem ist das etwas unerwartet«, stammelte Hiebler.
»Tja, die Dinge kommen manchmal anders als gedacht«, fuhr Krieger süffisant fort. »Und, was woll-

test du denn dem lieben Kollegen Deschel mitteilen, als du gerade so dynamisch hereingestürmt bist?«

»Ach so, ja, stimmt«, erwiderte Hiebler und blickte abwechselnd auf Deschel und Krieger. »Ich denke, dass ich jetzt weiß, wer der Attentäter ist.«

»Du weißt *was*?«, fragte Deschel und blickte erstaunt auf Hiebler. »Und das hast du über Nacht herausgefunden? Oder hast du eine Eingebung im Schlaf gehabt?«

»Dann bin ich ja mal gespannt, was du zu erzählen hast«, sagte Krieger. Sein Lächeln war verschwunden. Er wirkte jetzt höchst konzentriert.

»Unser Attentäter ist kein Geselle, der Stangen in der Kammer übernimmt«, begann Hiebler. »Es ist ein Mann mit dem Nachnamen Gesell, der in der Pleich wohnhaft ist und wie alle dort im Schlachthof arbeitet. Wo die Kammer ist, wird er uns sagen, sobald wir ihn verhaftet haben – soweit das überhaupt von Belang ist.«

»Und da bist du dir sicher?«, fragte Deschel nach.

»Naja, ganz sicher nicht. Aber haben wir eine bessere Spur?«, antwortete Hiebler.

Krieger blickte nachdenklich aus dem Fenster.

»Kompliment, Georg, nicht schlecht. Da hast du scheinbar richtig gute Arbeit geleistet«, fuhr Deschel fort. »Dann werde ich mal die Truppe zusammenrufen und überprüfen, was an deiner Vermutung dran ist.«

Er stand auf, zog seine Uniformjacke an und griff sich die Pickelhaube von der Hutablage.

»Ich weiß nicht, ob das vernünftig ist«, murmelte plötzlich Krieger, der immer noch aus dem Fenster starrte. »Wenn wir jetzt jemanden verhaften, werden wir wieder nicht den oder die Hintermänner zu fassen kriegen.«

Deschel blieb erstarrt stehen. »Meinen Sie das ernst, Herr Hauptmann ohne Uniform?«, fragte er entsetzt. »Wir haben einen Täter, kennen dessen Namen, Wohn- und Arbeitsort, und sollen jetzt lieber zusehen und abwarten, was passiert?«

»Ja, das meine ich«, antwortete Krieger.

Deschel starrte ihn fassungslos an.

»Nein, das kommt nicht infrage«, stellte er schließlich klar. »Das ist meine Stadt, und ich bin der Chef der Gendarmerie. In drei Tagen kommt der Prinzregent samt Hofstaat, und ich will auf keinen Fall, dass hier irgendetwas Ungeplantes passiert. Mir reicht es schon, die üblichen Sicherheitsvorkehrungen zu koordinieren. Jetzt einen vermeintlichen Attentäter nur zu beobachten, ist fahrlässig! Wie die Dinge ausgehen können, wenn man nicht vorher eingreift, haben Sie ja gerade erst in München bei Ihrer Elefantenjagd erleben dürfen. Hier, bei mir, wird das anders laufen. Außerdem, was machen wir, wenn dieser Gesell Wind von der Sache bekommt und flieht? Woher können wir wissen, dass wir nur durch Warten weitere Hinweise auf den Hintermann bekommen – wenn es ihn überhaupt gibt? Dank Herrn Hiebler haben wir einen Täter. Dieser wird verhaftet. Und zwar jetzt. Punkt! Es ist mir egal, ob Sie extra aus München angereist sind, aber hier regle ich die Dinge.«

Deschel setzte sich die Pickelhaube auf, ordnete den

Säbel an seiner Seite und schob einen Revolver in den Gurt. »Georg, wenn du willst, kannst du mitkommen!«, rief er und verließ den Raum.

Hiebler warf einen kurzen fragenden Blick auf Krieger, der frustriert mit den Achseln zuckte und aufstand. Beide folgten sie schließlich Deschel.

Zehn Minuten später verließ ein Trupp von fünf Gendarmen, darunter die beiden Oberwachtmeister, unter Deschels Führung die Wache. Ihr Ziel war der Schlachthof. Hiebler und Krieger liefen mit den Gendarmen mit. Der Trupp ging entlang dem Mainkai bis zur erst vor wenigen Wochen fertiggestellten Luitpoldbrücke. Hier endete der Pleicherring. Nördlich hiervon befanden sich Hafen und Viehhof. Südlich stand der Schlachthof der Stadt Würzburg. Pferde, Ochsen, Rinder, Ziegen und Schafe wurden am Hafen von den Schiffen in den Viehhof gebracht, dort an die Viehhändler per Handschlag verkauft und anschließend in die Ställe des Schlachthofs getrieben. Von den Ställen ging es dann in die jeweiligen Schlachthäuser. Die Tiere wurden dort getötet, enthäutet, ausgeweidet und zerlegt. Schlachtabfälle wurden entsorgt. Anschließend wurden die Tierhälften entweder sofort in der Fleischbank verkauft, im Kühlhaus eingelagert oder von großen Metzgerkarren, welche von gutmütigen Kaltblüterpferden gezogen wurden, abtransportiert. An der Kreuzung Veitshöchheimerstraße zum Pleicherring war der Haupteingang zum Schlachthof. Hier befand sich auch das Verwaltungsgebäude. Davor standen zwei Pförtner.

»Wo finden wir den Gesell?«, fragte Deschel in harschem Befehlston.

»Ferdinand Gesell? Hans Gesell senior oder Hans junior?«, erwiderte einer der Pförtner gelangweilt. Der Aufmarsch an Gendarmen schien ihn nicht zu beeindrucken.

»Vorsicht! Platz da!«, schrie plötzlich der Kutscher eines Metzgerkarrens, der, vom Hof des Schlachthofs kommend, das Gelände verlassen wollte.

Erschrocken wichen die Gendarmen zur Seite. Mit starrem Blick lenkte der Kutscher seine Gäule am Pförtnergebäude vorbei.

»Wir sind nicht zum Spaß hier! Also, wo ist jetzt Gesell?«, wiederholte Deschel seine Aufforderung, als der Karren sie passiert hatte. Er war jetzt sichtlich genervt.

»Jaja, schon gut, Herr Hauptwachtmeister«, sagte der Pförtner. »Darf ich noch die Einsatzpläne durchschauen?«

Deschel blies missmutig die Backen auf.

»Also«, erklärte der Pförtner schließlich. »Laut Einsatzplan ist Ferdinand bei den Schweinen eingeteilt. Das ist da vorn«, er drehte sich um und zeigte auf ein längliches Gebäude an der rechten Hofmauer zum Pleicherring. »Ob er allerdings Spät- oder Frühdienst hat, das weiß ich nicht. Die beiden anderen sind links bei den Ochsen, Kälbern und Lämmern«, fuhr er fort und deutete auf ein weiteres Gebäude, welches zentral auf dem Hof stand.

Deschel nickte kurz. Er zog seinen Revolver aus

dem Gurt und marschierte mit den anderen Gendarmen, Krieger und Hiebler in Richtung des Schlachthauses für Schweine.

Als sie das Gebäude betraten, hörten die Gendarmen als Erstes ein ohrenbetäubendes Quieken. Schrille, laute Schreie der Schweine, die eines nach dem anderen aus dem Pferch herausgetrieben, von den Schlachtern an die Wand gedrückt und mit Schnüren um die Hinterfüße an Ringe gefesselt wurden. Die Ringe waren wiederum mit einer Kette verbunden, die an einem Transmissionsriemen hing. Jedes Schwein wurde in Minutenabstand durch einen Schlag mit einem Holzschlegel auf den Kopf betäubt, an den Hinterläufen über die Kette hochgezogen, abgestochen und über den Transmissionsriemen, der unter der Decke verlief, weitertransportiert. Kaum war die Sau tot, wurde sie über den Riemen in den Brühraum geschoben, und das nächste Schwein wurde unter lautem Quieken erneut an Ringe gebunden. Auf der anderen Seite des dampfenden Brühraums kamen inzwischen hängende, graue Schweineleiber heraus, welche mit einer speziellen Maschine zunächst entborstet wurden. Dann wurden die Tiere nach einem gezielten Schnitt ausgeweidet und letztendlich mit einer Säge in zwei Hälften zerteilt. Die Schweinehälften wurden anschließend von den Ringen losgebunden und auf einen Karren geschichtet. Es war die perfekte Schlachtungsmaschinerie. Die Gendarmen blickten beeindruckt auf das Geschehen und vergaßen dabei fast ihren eigentlichen Auftrag.

»Wo ist Gesell?«, schrie plötzlich Deschel, als das Quieken des nächsten Schweins kurz nach dem Schlag auf den Kopf aufhörte.

Die Schlachter und Hilfsarbeiter blickten auf Deschel und die anderen Gendarmen.

»Der Ferdi hat heut Spätdienst«, sagte einer der Schlachter und stach der betäubten Sau sein Messer in den Hals. Ein Schwall von Blut entleerte sich auf den Boden und die Schürze des Mannes. »Der liegt daheim im Bett und schläft ... hoffentlich!«

Es folgte ein albernes Gegacker der anderen Arbeiter, bis die nächste Sau unter lautem Geschrei zum Schlachten hereingetrieben wurde.

Deschel signalisierte den anderen Gendarmen, das Schweineschlachthaus zu verlassen. Ihr nächstes Ziel war das zentral im Hof der Anlage gelegene Schlachthaus für Ochsen, Kälber und Hammel.

Die Gendarmen betraten das Schlachthaus über den vorderen Eingang. Der Geräuschpegel war hier etwas niedriger als bei den Schweinen, dafür war der Gestank stärker. Vorne wurden Hammel geschlachtet, in der hinteren Hälfte des Raums baumelten mehrere Ochsen leblos von der Decke. Um jeden Ochsen standen zwei Männer, welche die riesigen Leiber entweder ausweideten oder mit scharfen Messern enthäuteten. Vor den geschlachteten Tieren standen jeweils zwei Blechwannen, in einer landeten die Innereien, in der anderen das Fell.

»Hans Gesell?«, rief Deschel laut in den Raum.

Ein älterer Mann, der gerade einen Hammel geschlachtet hatte und das blutige Messer an seiner Schürze abwischte, trat einen Schritt vor, um zu sehen, wer gerufen hatte. Als er die Gendarmen in Uniform wahrnahm, schrie er, so laut er konnte: »Hansi! Schnell! Lauf davon!«

Am anderen Ende des Raums zuckte kurz ein etwa 20 Jahre alter Mann hoch. In seiner rechten Hand hielt er ein Messer, welches er gerade zur Enthäutung eines Ochsens genutzt hatte. Er blickte schnell zurück auf seinen Vater und die Gendarmen, dann warf er das Messer auf den Boden und lief zum anderen Ende des Raums. Deschel hob seinen Revolver, feuerte in die Luft und schrie: »Halt! Stehenbleiben! Sie sind verhaftet.«

Der Mann drehte sich kurz um und lief weiter. Zwei Gendarmen folgten ihm. Sie rannten vorbei an toten Hammeln, Kälbern, Ochsen und überraschten Schlachtarbeitern.

Hans Gesell Junior, Rosas Bruder, lief durch einen überdachten Gang, welcher direkt vom Schlachthaus in die Kuttlerei führte. Dort spülten gerade vier Arbeiter mit großen Schläuchen die stinkenden Rinderdärme und Mägen. Gesell wäre auf der Brühe aus Spülwasser und Darminhalt fast ausgerutscht, als er durch den Raum eilte. Er blickte sich kurz um und sah zwei Gendarmen mit gezogenem Revolver ihm nach sprinten. Sie hatten gerade den überdachten Gang erreicht. Panisch rannte Gesell durch die Kuttlerei zu einem offenen Fenster. Er kletterte hoch und sprang auf die Straße. Kaum hatte er den Schlachthof verlassen, blickte er sich um. Er überprüfte, wie weit sein Vorsprung vor den Gendarmen war. Einen kurzen Moment lief er weiter, ohne nach vorne zu sehen.

Diese Unachtsamkeit kostete Hans Gesell Junior das Leben. Kaum war er auf der Straße, lief er direkt gegen das Zugtier eines Metzgerkarrens auf dem Weg zum Haupteingang des Schlachthofs. Die Kollision mit dem Kaltblüter brachte Hans Gesell aus dem Gleichgewicht, er stolperte, fiel zwischen Pferd und Kutsche auf den Boden und wurde überrollt.

Noch bevor Hans Gesell Senior vom Tod seines Sohnes erfuhr, wurden ihm Handschellen angelegt, und er wurde abgeführt. Ferdinand, der jüngere Sohn, wurde wenig später aus dem Bett gerissen und ebenfalls in Begleitung von zwei Gendarmen gefesselt auf die Wache gebracht.

Getrennt voneinander erfolgte die Befragung von Vater und Sohn Gesell. Beide waren traurig, wütend und ängstlich zugleich. Von einem geplanten Sprengstoffattentat konnte oder wollte jedoch keiner etwas wissen. Die Gendarmen sperrten sie in den Kerker. Man gab ihnen Wasser und Brot und ließ sie schmoren. Krieger, Hiebler und Deschel nahmen sich vor, die beiden am nächsten Tag zu verhören.

Der tote Hans Gesell Junior wurde währenddessen in eine Decke gehüllt in die Pathologie der Uniklinik gebracht.

Am Abend des gleichen Tages wartete der Mann aus Zürich in derselben Weinschänke am Main wie am Tag zuvor. Drei Tage vor dem geplanten Anschlag wollte er mit Gesell nochmals alle Details durchgehen und vor allem die korrekte Platzierung des Sprengstoffs mit ihm besprechen. Bis zur Dämmerung blieb der Mann alleine sitzen. Er trank ein Glas *Silvaner*, rauchte eine *Brissago*-Zigarre und blickte auf den Main. Obwohl es eigentlich nicht zu seinen Eigenschaften zählte, unruhig zu werden, machte er sich doch mittlerweile ernsthaft Gedanken. Gesell war nicht so wichtig, er war nur der Ausführende. Im Zweifelsfall müsste der Mann aus Zürich eben selbst tätig werden. Sorge machte ihm eher, was mit dem Dynamit passieren würde, sollte Gesell einen Rückzieher machen. Auf jeder Stange war auf der Papierummantelung in Druckbuchstaben die Herkunft vermerkt: »Dynamitfabrik Isleten, Schweiz«. Nicht jeder wäre wie er in der Lage gewesen, solch eine Menge an Dynamit beiseitezuschaffen. Sollten die Stangen gefunden werden, würde man ihm sofort auf die Spur kommen. Der Mann aus Zürich wusste, dass er am nächsten Tag handeln musste.

Kapitel 12

AM VORMITTAG DES SAMSTAGS, zwei Tage, bevor der Prinzregent in Würzburg eintreffen sollte, trafen sich Deschel, Krieger und Hiebler im Rathaus. Die Verhaftung von Ferdinand und Hans Gesell Senior wurde als voller Erfolg verbucht. Die Flucht von Hans Gesell Junior konnte als Schuldeingeständnis erachtet werden, und die Botschaft aus Knolls Telegramm war zu eindeutig. Knoll war geflohen, die Gesells tot oder verhaftet. Das Attentat war somit verhindert. Hiebler hatte noch am Abend der Festnahme mit Freiherrn von Feilitzsch telefoniert. Der Minister war überaus erfreut und deutete bereits am Telefon eine Beförderung Hieblers nach dessen Rückkehr nach München an.

Hiebler fühlte sich blendend. Der schale Geschmack, dass er mit seinem Erfolg Rosas Bruder in den Tod getrieben sowie ihren Vater und ihren anderen Bruder in den Kerker gebracht hatte, verschwand rasch. Das Gesetz stand über allem, und er war derjenige, der ein Attentat auf seinen obersten Dienstherren, den Prinzregenten, hatte verhindern können.

Das Verhör der beiden verhafteten Gesells war eigentlich nicht mehr relevant, der Fall war geklärt.

Wenn es nach Deschel gegangen wäre, hätte man auf das Verhör am Samstagvormittag verzichten können. Hiebler war es relativ egal, er befand sich im Glücksrausch, nur Krieger bestand darauf. Irgendetwas schien an ihm zu nagen. Er wirkte weiterhin kritisch, besorgt und angespannt.

Zur gleichen Zeit, als Vater und Sohn zum Verhör vorgeführt wurden, war der Mann aus Zürich auf dem Weg von der Würzburger Innenstadt in den Stadtteil Pleich. Sein Ziel war das Haus der Familie Gesell.

Hans Gesell hatte ihm mitgeteilt, dass er nach Knolls Flucht die Tasche mit dem Dynamit aus der Dunkelkammer des Ateliers geholt hatte und anschließend auf dem Speicher des Hauses in der Pleich versteckt hatte. Eigentlich hatten sie vereinbart, dass Gesell mit der Zündanlage vertraut gemacht werden sollte. Nur leider schien diese Abmachung nicht mehr zu gelten. Der Mann aus Zürich musste jetzt sichergehen, dass die Tasche nicht gefunden wurde.

Es war ein herrlich warmer Samstagvormittag. Der Mann ging die Juliuspromenade hinab. Etwa 100 Meter nach dem *Juliusspital* bog er rechts in die Pleicherpfarrgasse ab. Er war überrascht, wie schnell sich die Gegend änderte, und wie rasch Reichtum in Armut überging. Das *Juliusspital* strahlte mit der herrschaftlichen Fassade, den hohen Fenstern und dem barocken Park Macht und Wohlstand aus. Nur ein paar Schritte entfernt hingegen zeugten in engen, stinkenden Gassen aneinandergereiht gedrungene Holzhäuser von Not und Elend.

Die menschliche Gesellschaft ist verkommen, dachte sich der Mann. Der Reiche will den Armen klein und dumm halten. Der Arme akzeptiert das und spielt das unmündige, brave Arbeitstier. Wir alle sind von Geburt aus freie Individuen und schauen dennoch zu, wie autoritäre Institutionen ihre Macht sichern und uns ausnutzen. Menschen werden wie Pferde behandelt, die vor die Prachtkutschen der Mächtigen gespannt werden. Und wenn ein Gaul ausfällt? Kein Problem, solang sich Menschlein weiter vermehrt, wird kontinuierlich für Nachschub gesorgt. All die Bischöfe, Fürsten, Prinzen und Könige, die in ihren Schlössern in Saus und Braus leben, während gleich um die Ecke Kinder verhungern. Eine Schande ist das! Es wird Zeit, dies zu ändern. Die gesamte politische und wirtschaftliche Macht muss verschwinden. Wir sind selbstbestimmte Menschen. Wir brauchen keine Könige, die in goldenen Kutschen sitzen, uns freundlich zuwinken, im Grunde aber verachten, da wir für sie minderwertig und unmündig sind. Die Instanzen müssen aufgelöst werden. Der Fisch stinkt vom Kopf her. Also gilt es, diesen abzuhacken. Ich werde ein Zeichen setzen und den Mächtigen zeigen, wie verwundbar sie sind.

Schließlich erreichte der Mann die ihm genannte Adresse. Er stand vor der Tür und blickte sich um. Alles war klein, braun und schmutzig: die Häuser, die Straße und die Menschen, die ihn mit großen Augen verwundert ansahen. Er war erkennbar ein Fremder hier. Jemand, der sich entweder verlaufen hatte oder sich mit Geld etwas beschaffen wollte – eine Arbeitskraft oder eine Lohnhure. Beides war in der Pleich leicht und billig zu haben. Als er gerade an die Haustür klopfen wollte, öffnete sich diese mit einem Knall. Eine Horde Kinder strömte aus dem Haus grölend an ihm vorbei auf die Straße. Der Mann aus Zürich hielt instinktiv die Taschenuhr mit der rechten Hand in der Westentasche und die Geldbörse mit der linken Hand in der Innentasche seines Sakkos fest. Die Kinder schienen ihn jedoch gar nicht zu beachten. Sie rannten an ihm vorbei, als ob er Luft wäre. Als die Meute weg war, blieb die Tür offen stehen. Der Mann sah sich erneut um. Dann trat er ein.

Als er im Eingangsflur stand, war er verwundert. Draußen schien die Sommersonne, und im Haus war es stockfinster. Er brauchte eine Weile, bis er sich zurechtfand. Schließlich ging er eine enge Holzstiege ohne Geländer hoch, bis in den ersten Stock. Der Mann blieb stehen und horchte. Nichts war zu hören. Die Kinder mussten die Letzten im Haus gewesen sein.

»Hallo!«, rief er. »Jemand zu Hause? Herr Gesell?«

Er wartete auf eine Antwort. Zwischenzeitlich meinte er, das Schreien eines kleinen Kindes hinter einer der Türen zu hören.

»Scheint niemand zu Hause zu sein. Die Erwachsenen beim Arbeiten, die Kinder beim Spielen«, murmelte er vor sich hin.

Er ging zügig die Treppe weiter hoch. An deren Ende war der Flur schmal. Er war hier schon unter dem Dach. Der Mann blickte sich um und sah links und rechts eine

Truhe stehen. Dann blickte er über sich an die Decke. Dort war ein Haken zu einer Dachluke. Muss wohl der Speicher sein, dachte er sich und öffnete die Luke. Mit lautem Quietschen ging sie auf. Der Mann zog die in der Luke verankerte Leiter herunter und kletterte in den winzigen Speicher direkt unter dem Dach. Er konnte unmöglich stehen, so niedrig war es hier. Auf allen vieren kroch er durch den Raum, der von einem kleinen Fenster im Dachgiebel beleuchtet wurde. In einer Ecke fand er eine Reisetasche. Er zog die Tasche zu sich hin, öffnete sie und fand den gewünschten Inhalt: Dynamit-Stangen! Sicher mehr als 20. Der Mann verließ den Speicher, verschloss wieder die Luke und ging mit der Tasche in der Hand zügig die Treppe runter. Dann eben ohne Gesell, dachte er sich beim Gehen. Wenn er sich nicht an die Abmachungen hält, ist er draußen.

Als der Mann aus Zürich im ersten Stock auf dem Weg weiter nach unten war, kam ihm plötzlich Rosa entgegen. Sie trug einen Korb mit gewaschener Wäsche, die im Hof zum Trocknen aufgehängt gewesen war.

»Suchen Sie jemanden?«, fragte sie überrascht.

Der Mann zuckte zusammen, ging einen Schritt zur Seite und lächelte Rosa schmeichlerisch an. »Ja, das tue ich«, sagte er. »Ich suche Hans Gesell. Er ist ... ein Freund von mir.«

Rosa musterte den Mann. Sie blickte lange auf die Tasche. Der Mann schien ihren Blick zu bemerken und hielt das Gepäckstück nun mit beiden Händen hinter sich statt an der Seite.

»Ein Freund von Hans?«, fragte Rosa nach. »Vom Hansi oder von Hans Senior?«

Der Mann dachte kurz nach. »Vom Hansi«, antwortete er. »Wir sind Kollegen vom Schlachthof.«

Rosa schluckte kurz und musste die Tränen unterdrücken, die ihr bei dem Gedanken an ihren verstorbenen Bruder kamen.

»Wie ein Schlachter sehen Sie aber nicht aus!«, sagte sie schließlich.

»Ich … ich war in der Verwaltung tätig und arbeite jetzt in … Bamberg«, erwiderte der Mann zögerlich. »Da ich zu Besuch in Würzburg bin, dachte ich mir, ich schau mal bei dem Hansi vorbei.«

Rosa sah erneut auf die Tasche und dann auf den Mann. Dann blickte sie zur Seite und begann zu weinen.

Der Mann aus Zürich überlegte kurz, die Gelegenheit zu nutzen und davonzulaufen, blieb dann aber stehen. Rosa tat ihm irgendwie leid – eine junge, hübsche Frau weinend in dieser tristen und kümmerlichen Umgebung mit einem Korb voll Wäsche in der Hand. Der Mann stand still da und beobachtete sie.

»Wissen Sie was?«, fragte Rosa schließlich. Sie stellte den Korb auf den Boden und wischte sich mit dem Handrücken die Tränen ab. »Sie mögen alles Mögliche sein, aber Sie sind sicher kein Freund meines Bruders. Ich kenne Hansis Freunde und weiß, wer auf dem Schlachthof arbeitet oder dort gearbeitet hat. Warum sagen Sie nicht, dass Sie ein Schnüffler sind? Geben Sie doch zu, dass Sie ein Gendarm sind.«

Sie ging einen Schritt auf den Mann zu, der sich instinktiv etwas zurückbeugte.

»Haben Sie etwas vergessen im Rahmen Ihrer Ermittlungen?«, fragte sie spöttisch und warf einen kurzen Blick auf die Tasche. »Sie sind von der Gendarmerie. Ich weiß das. Die Gendarmen tragen nämlich nicht mehr alle Uniformen. Nein, sie sind mittlerweile elegant gekleidet und kommen aus München. Sie lassen andere die Schmutzarbeit machen und schauen nur zu. So wie gestern, als der eine Bruder in den Tod getrieben und der andere mit meinem Vater verhaftet wurde. Geben Sie es doch zu, dass Sie auch einer aus dieser Bagage sind! Sie wollen hier rumschnüffeln? Kein Problem, mit den dummen Leuten aus der Pleich kann man es ja machen. Die steckt man auch ohne Begründung in den Kerker. Sie wollen mich auch verhaften? Oder wollen Sie mich verführen, so wie Georg Hiebler? Kein Problem! Ich lasse mich leicht rumkriegen, bin billig zu haben. Nur zu!«

Rosa kochte nun vor Wut. Sie ging weiter auf den Mann zu.

»Fräulein … ich … nein, ich bin kein Gendarm!«, beteuerte der Mann und wich zur Seite aus. »Und ich komme auch nicht aus München. Was soll das?«

Jetzt stand sie in dem engen Flur nur mehr einen halben Meter vor dem Mann. Voller Zorn sah sie ihm in die Augen.

»Wissen Sie was?«, fuhr sie fort. »Schleichen Sie sich. Gehen Sie. Verlassen Sie dieses Haus! Sofort!« Sie hatte erneut Tränen in den Augen. »Gehen Sie dahin, wo der Pfeffer wächst!«

Verwirrt sah der Mann auf Rosa. Er überlegte kurz, ihr den eigentlichen Grund seines Kommens zu nennen, verwarf dann jedoch den Gedanken. Er griff sich die Tasche, eilte an Rosa vorbei die Treppe hinunter und verließ das Haus.

»Hauen Sie ab!«, schrie sie ihm wütend hinterher.

»Und ich werde mir jetzt den Lohn für die letzte Nacht holen«, murmelte sie vor sich hin, als sie die Haustür ins Schloss fallen hörte.

Rosa drehte sich um und ging in die Wohnung. Zwischen den Betten, auf dem Boden war Erich, ihr Sohn, und spielte mit einem aus Holz geschnitzten Spielzeugpferd. Der Junge war mittlerweile knapp ein Jahr alt und robbte zwischen den Möbeln umher. Als seine Mutter in den Raum kam, sah er sie mit großen Augen an. Es folgte ein Lächeln, er zeigte mit dem Finger auf Rosa und brabbelte ein freundliches »Mamm«. Rosa konnte sich trotz des Ärgers und der Trauer ein Schmunzeln nicht verkneifen. »Ach, Erich«, sagte sie liebevoll zu dem Jungen. Sie hob ihn hoch und nahm ihn auf den Arm. »Komm mit! Wir gehen jetzt ins Rathaus.«

Der Mann aus Zürich eilte rasch in sein Hotelzimmer. Kaum war er dort angekommen, stellte er die Tasche in den Schrank, sperrte die Tür ab und legte sich aufs Bett. Er starrte an die Decke und dachte nach.

Gesell tot? Bruder und Vater verhaftet? Woher weiß die Gendarmerie von Gesells Plänen? Und wer oder was sind die Männer aus München? Die Dinge werden nicht leichter. Jetzt heißt es, ruhig bleiben und konzentriert die Sache angehen ... Andererseits kennt mich kein Mensch, und niemand weiß, warum ich in Würzburg bin. Vielleicht war Gesells Tod eine glückliche Fügung. Morgen werde ich die Sprengladung verlegen, damit am Montag, einen Tag später, die bayerische Monarchie den größten Verlust ihrer Familiengeschichte beklagen darf.

Währenddessen stapfte Rosa mit Erich auf dem Arm die Karmelitenstraße entlang zum Rathaus. Das samstägliche Treiben um sie herum ignorierte sie. Im Gegensatz zu den Passanten, die in Straßenkleidung ihre Einkäufe erledigten, hatte sie nichts an außer einem Unterkleid, einer Kittelschürze und Pantoffeln. Erichs Windel war voll, dementsprechend zog eine Gestankwolke den beiden hinterher. Rosa war das alles egal. Vielleicht war es ihr sogar gerade recht. »So kann es nicht weitergehen«, murmelte sie wütend vor sich hin. »Sollen wir jetzt alle verhungern?«

Als Rosa die schwere Tür des Rathauses geöffnet hatte, folgte sie dem Wegweiser mit der Aufschrift »Anmeldungen & Auskunft«. Sie ging direkt in den Empfangsraum an einer Schlange von wartenden Bürgern vorbei und fragte laut den Beamten hinter dem Tresen: »Wo ist die Gendarmerie? Ich habe etwas zu melden!«

Die anderen wartenden Personen murrten und rümpften die Nase.

»Dritter Stock, dann links, ganz am Ende des Flurs«, erklärte der Schalterbeamte verdutzt.

Rosa nickte kurz und machte sich auf den Weg.

Kapitel 13

DESCHEL SASS MIT KRIEGER und Hiebler im Büro des Chefs der Würzburger Gendarmerie. Sie verglichen ihre Eindrücke des vor einer halben Stunde stattgefundenen Verhörs der beiden Gesells. Der Minister hatte die Gendarmerie persönlich angewiesen, ihn noch am gleichen Tag über den Stand der Ermittlungen telefonisch zu informieren.

»Wenn es den beiden Herren recht ist«, begann Deschel, »würde ich gerne unsere Ermittlungsergebnisse kurz zusammengefasst sehen. Georg, du kannst dann mit dem Minister reden, und ich komme rechtzeitig zum Mittagessen nach Hause.« Er kramte seine Taschenuhr hervor und warf einen Blick darauf. »Ist eh schon recht spät geworden. Wenn ich nicht in einer halben Stunde zu Hause bin, ist das Essen kalt. Wäre schade drum.«

Krieger schüttelte den Kopf und konnte sich ein spöttisches Lächeln nicht verkneifen.

»Mir recht, Friedhelm«, erwiderte Hiebler. »Das sollte schnell erledigt sein. Dann fange ich mal an: Entsprechend den Ermittlungen – meinen Ermittlungen – vorab und des Verhörs sind oder waren die drei Gesells Angehörige einer Gruppe politischer Agitatoren. Severin Knoll, dein Vetter, Friedhelm, war ebenfalls Mitglied der Gruppe.«

»Ich wäre dir dankbar, Georg, wenn du zumindest dem Minister gegenüber nicht erwähnst, dass Severin mein Vetter ist«, unterbrach ihn Deschel.

»Natürlich. Tut auch nichts zur Sache«, erwiderte Hiebler.

Deschel nickte.

»Andere Mitglieder der Zelle sind laut Auskunft des Ferdinand Gesell die Herren Meister und Göttlich, wohnhaft in Würzburg, sowie die Herren Kunzmann und Brand, beide in Höchberg ansässig«, fuhr Hiebler fort. »Die Festnahmen der genannten Personen laufen bereits. Alle erwähnten Subjekte trafen sich in regelmäßigen Abständen zur politischen Agitation. Trotz der bestehenden Gesetzeslage war man bestrebt, im Untergrund als sozialdemokratischer Verein weiter aktiv zu sein.«

»Vielleicht sagst du dem Minister noch, dass in Würzburg, im Gegensatz zum roten Nürnberg, noch nie ein Sozialist bei irgendeiner Wahl erfolgreich war. Die Gesells sind einzelne, verwirrte, im Untergrund tätige Subjekte. Wir in Würzburg sind katholisch und wählen die Zentrumspartei«, fuhr Deschel dazwischen.

»Friedhelm, das ist dem Minister doch sicher bekannt. Außerdem tut auch das nichts zur Sache«, beschwichtigte Hiebler. »Also, was wissen wir noch? In den letzten Monaten sei es nun zu einer zunehmenden Radikalisierung der Mitglieder Knoll und Hans Gesell Junior gekommen. Laut Auskunft von Vater Gesell Senior habe man sich von den beiden politisch distanziert und demzufolge von diversen anarchistischen Aktivitäten nichts mitbekommen oder nichts mitbekommen wollen. Stimmt's?«

Deschel nickte, Krieger blickte nachdenklich aus dem Fenster.

»Gut!«, fuhr Hiebler fort. »Das heißt, diese Aussage muss natürlich noch im Verhör der zu verhaftenden anderen Mitglieder der Gruppe bestätigt werden. Stand der Dinge ist jedoch, dass Knoll und Gesell Junior dieses verwerfliche Attentat auf den Prinzregenten nachweisbar geplant haben. Durch unsere Ermittlungen wurde die Tat im Keim erstickt und jeglicher Schaden abgewandt. Der Anarchist Hans Gesell Junior hat sich durch einen tödlich endenden Unfall seiner Verhaftung und Strafe entzogen, der Mittäter Severin Knoll ist flüchtig. Ein Haftbefehl ist ausgestellt.«

Krieger stand auf und dehnte sich das Kreuz.

Hiebler blickte nach Bestätigung suchend auf die anderen beiden.

»Und das Dynamit?«, fragte schließlich Krieger.

»Das hat sich der Severin in München besorgt«, antwortete Deschel.

»Richtig«, ergänzte Hiebler. »Aus diesem Grund hat er sich ja mit Kramer getroffen. Iannis, du meintest ja selbst, dass Kramer Anführer einer Anarchistenzelle ist. Kramer hat Knoll das Dynamit gegeben, damit dieser in Würzburg ein Attentat durchführt.«

»Und warum wurde dann in Knolls Atelier eingebrochen?«, fragte Krieger.

»Der Severin hat eben den Schlüssel vergessen – er war schon immer so ein Schussel – und da er sowieso nie mehr nach Würzburg zurückkommen kann, war ihm die Zerstörung der Eingangstür egal.«

»Ich bin mir da nicht sicher«, erwiderte Krieger. »Und außerdem: Wenn das stimmt, dann haben wir jetzt einen flüchtigen Anarchisten mit einer Tasche voll Dynamit. Keine angenehme Vorstellung.«

»Iannis, ich denke, dass …«, setzte Hiebler an, als plötzlich schrille laute Schreie am Flur zu hören waren.

»Ich muss zu Georg Hiebler!«, drang es durch die Tür, begleitet vom Brüllen eines Kleinkinds. »Lassen Sie mich durch!«

Deschel blickte verwundert auf Hiebler, als plötzlich Oberwachtmeister Betzel die Tür öffnete.

»Lasst mich los!«, klang es schrill aus dem Hintergrund.

»Herr Assessor Hiebler«, begann Betzel, »da draußen ist ein Fräulein mit einem brüllenden Säugling auf dem Arm, die darauf besteht, mit Ihnen zu reden. Jetzt sofort, sonst wird sie allen erzählen, was Sie mit ihr angestellt haben.«

Hiebler wurde sofort knallrot im Gesicht. Krieger und Deschel blickten fragend mit hochgezogenen Augenbrauen auf ihn.

»Danke … Herr Oberwachtmeister, … ich … äh … ich weiß zwar nicht, was die Dame von mir will, aber ich … kann ich vielleicht ihr Zimmer benützen, um die Sache zu klären?«, fragte er stammelnd.

»Also eine Dame ist das sicherlich nicht«, erwiderte

Betzel. »Sie können aber gerne in das Oberwachtmeisterzimmer, bevor das Fräulein die ganze Stadt zusammenschreit. Ich würde sie ja in eine Zelle zur Beruhigung stecken, aber das kleine Kind auf ihrem Arm … Sie wissen, Herr Assessor …«

Hiebler nickte. »Ihr entschuldigt mich bitte«, sagte er zu Deschel und Krieger, stand auf und öffnete die Tür.

»Da bist du ja, du Schwein!«, schleuderte ihm Rosa wütend entgegen, als sie Hiebler aus dem Büro treten sah. Zwei Gendarmen hielten sie fest. Erich schrie jetzt wie am Spieß. Dicke Tränen flossen ihm die Wangen hinunter. Rosa warf einen kurzen Blick in den Raum auf Deschel und Krieger, wobei ihr Blick auf Krieger etwas länger verweilte.

»Rosa, ich bitte dich!«, sagte Hiebler. »Reiß dich zusammen.«

Deschel begann nun zu grinsen. »Georg, das hätte ich dir gar nicht zugetraut. Frau und Kind – hier in Würzburg«, sagte er süffisant.

Hiebler blickte mit einer Mischung aus Ärger und Hilflosigkeit auf Deschel. »Ich bin gleich wieder da«, erwiderte er und ging auf den Flur.

»Komm mit!«, sagte er zu Rosa. »Dann reden wir.«

Die beiden Gendarmen ließen sie los. Hiebler führte Rosa, die den noch immer weinenden Erich auf dem Arm hatte, in das Zimmer der Oberwachtmeister.

»Bitte setz dich!«, sagte er und riss ein Fenster auf, um den Gestank von Erichs Windel entweichen zu lassen.

Rosa setzte Erich auf einen der beiden Schreibtische, nahm einen Bogen Papier von einem Stapel am Rande des Tischs und drückte das Blatt dem Jungen in die Hand. Schlagartig hörte er auf zu weinen und begann, an dem Papier herum zu knabbern.

»Also, was gibt es?«, fragte Hiebler genervt.

Rosa setzte sich ihm gegenüber und atmete tief ein und aus. Dann fing sie leise zu weinen an.

»Was es gibt?«, begann sie schließlich. »Was es gibt, fragst du? Du hast mir etwas vorgemacht, Georg. Zuerst spielst du den galanten Verehrer, und am nächsten Tag bringst du einen meiner Brüder ins Grab und den anderen gemeinsam mit meinem Vater ins Gefängnis. Weißt du überhaupt, was das bedeutet? Drei Männer, die mit ihrem spärlichen Gehalt als Schlachter uns alle ernährt haben, fallen jetzt aus. Sind weg, von einem Tag auf den anderen. Dass ich nicht mehr arbeite, weißt du ja. Ich kann dir sagen, was es gibt. Niemand kann mehr unsere Miete zahlen. Keiner bringt mehr das Geld nach Hause, um uns alle zu ernähren. Das ist los, Georg.« Sie wischte sich mit dem Handrücken die Tränen aus den Augen. »Wir werden verhungern und auf der Straße leben müssen. Schau ihn dir doch an«, sie zeigte mit dem Kinn auf Erich, der jetzt vergnügt auf dem Tisch saß, »was kann er dafür? Warum, Georg, warum? Ich dachte, dass du mich magst, dass ich dir wichtig bin.«

Hiebler faltete die Hände in seinem Schoß und atmete tief ein und aus. »Das Gesetz steht über allem, Rosa. Da gibt es keine Ausnahmen.«

»Aber was haben die denn verbrochen? Warum wurde Hansi in den Tod getrieben?«

»Alle drei haben an nicht erlaubten Treffen der sozialdemokratischen Arbeiterpartei teilgenommen«, antwortete Hiebler.

Rosa schüttelte den Kopf. »Die Treffen im Arbeiterverein? Mein Gott, Georg, ist das denn wirklich so schlimm? Mein Vater hat uns immer beigebracht, dass wir keine schlechteren Menschen sind, nur weil wir aus einer Arbeiterfamilie kommen. Ist es wirklich ein Verbrechen, so etwas zu behaupten? Reicht das, um jemanden in den Tod zu treiben?«

»Rosa, dein großer Bruder Hans wollte gemeinsam mit Severin Knoll ein Attentat auf den Prinzregenten durchführen. Wenn das kein Verbrechen ist, dann …«

»Hansi und Severin wollten *was*? Blödsinn, Georg, das kann nicht sein!«, unterbrach ihn Rosa.

Hiebler wunderte sich, dass Rosa Knoll beim Vornamen nannte. Dann erinnerte er sich wieder an die Nacktaufnahmen von ihr, die er in Knolls Atelier gefunden hatte. Der Gedanke, dass Rosa nicht nur für die Aufnahmen als Modell zur Verfügung gestanden, sondern eventuell noch andere Dienste geleistet hatte, ärgerte Hiebler.

»Es gibt eindeutige Beweise, dass Knoll und zumindest einer deiner Brüder Anarchisten sind oder waren«, fuhr er schließlich fort. »Beide wären sicher anhand der Sachlage zum Tode verurteilt worden. Nun ist dein Bruder durch den tödlichen Unfall gestern dem zuvorgekommen, und Knoll ist leider noch flüchtig. Aber den erwischen wir. Das kann ich dir garantieren.«

Rosa schüttelte den Kopf. »Hansi und Severin als Attentäter? Das glaube ich dir nicht, Georg! Niemals!«

»Dann eben nicht!«, sagte Hiebler und stand auf. »War's das?«, fragte er genervt. »Kann ich nun wieder meine Arbeit verrichten? Der Minister wartet.«

Rosa sah ihm tief in die Augen. Hiebler wandte sich ab und blickte aus dem Fenster.

Sie schüttelte fassungslos den Kopf.

»Du schuldest mir noch Geld, Georg!«, erwiderte Rosa schließlich.

Hiebler wandte sich ihr wieder zu. »Wie bitte? Geld? Du meinst wegen …«

»Genau! Wegen der Nacht, die ich mit dir verbringen musste! Wenn du dich weigerst zu zahlen, werde ich zu schreien anfangen und jedem erzählen, dass du nicht willig bist, als Freier einer Hure ihren Lohn zu zahlen. Ich weiß nicht, was der Minister darüber denkt, sollte er davon Wind bekommen.«

Hiebler sah sie lange an.

»Wie viel willst du?«, fragte er schließlich.

»20 Mark«, antwortete Rosa.

»20 Mark? Weißt du, wie viel Geld das ist?«

»Wahrscheinlich besser als du«, antwortete Rosa.

Hiebler schüttelte den Kopf. Dann holte er aus seiner Jackentasche die Geldbörse hervor und entnahm ihr zwei Zehnmarkscheine.

Wortlos hielt er Rosa das Geld hin.

Ihr kamen erneut die Tränen. Sie schniefte, nahm das Geld und schob es in ihre Kitteltasche. »Es ist schade, dass es so kommen musste«, sagte sie leise, stand auf und nahm den kleinen Erich wieder auf den Arm.

»Ja, schade«, stimmte ihr Hiebler zu.

Rosa nickte. »Ach, und Georg? Wenn du oder einer deiner Kollegen zukünftig wieder als Gendarmen unterwegs seid, dann zieht euch gefälligst Uniformen an. Dann weiß man wenigstens gleich, mit wem man es zu tun hat.«

»Wie meinst du denn das?«, fragte Hiebler.

»Na ja«, erwiderte Rosa. »Hättest du von Anfang an eine Uniform getragen, hätte ich nie etwas mit dir angefangen. Die Einstellung habe ich von meinem Vater übernommen: Gendarmen sollte man besser aus dem Weg gehen. Recht hat er. Zeigt euch doch, wenn ihr Gendarmen seid und vermeintliche Verbrecher jagen wollt. Du, dein Kollege, der in dem anderen Raum sitzt, oder dieser Fatzke, der vorhin bei uns daheim rumgeschnüffelt hat.«

Hiebler sah verwundert auf Rosa.

»Wer hat bei euch vorhin rumgeschnüffelt?«, fragte er nach.

»Na, das Spiegelbild von dem anderen da drüben.« Sie wies mit einer Kopfbewegung in Richtung von Deschels Zimmer. »Nur, dass die Version von heute Vormittag einen Schnurrbart hatte. Weißt du was, Georg? Ihr seid nicht nur alle gleich, ihr seht auch alle gleich aus. Elegante Kleidung, viel Fassade und nichts dahinter«, sagte Rosa und verließ den Raum.

»Warte, Rosa!«, rief ihr Hiebler zaghaft hinterher. Er folgte ihr zwei Schritte, ließ es dann aber bleiben.

Rosa drehte sich nicht um. Mit Erich auf dem Arm ging sie weinend den gleichen Weg zurück, den sie vor einer halben Stunde wutentbrannt gekommen war.

Hiebler blieb noch einen Augenblick alleine in dem Zimmer. Schließlich zog er seine Weste gerade und fuhr sich mit der rechten Hand durch die Haare, um akkurat den Scheitel von rechts nach links zu ziehen. Dann strich er mit Daumen und Zeigefinger, von der Mitte über seiner Lippe ausgehend, nach beiden Seiten den Schnurrbart glatt. Nachdem die Ordnung wieder hergestellt war, marschierte er zurück in Deschels Zimmer.

»Das war aber eine lange Unterredung, Georg«, wurde Hiebler von Deschel begrüßt. »Alles in Ordnung?«

»Nur eine Lappalie«, antwortete dieser gelassen. »Pardon für die Unterbrechung.«

Hiebler nahm wieder auf seinem Stuhl Platz. »Dafür habe ich aber etwas anderes erfahren.«

»Und das wäre?«, fragte Deschel.

»Obwohl der Fall abgeschlossen ist, scheint es noch jemand anderen zu geben, der sich für die Anarchistenzelle im Hause Gesell interessiert«, antwortete Hiebler.

»Was meinst du denn damit?«, fragte Krieger.

»Fräulein Rosa wurde heute von einer Zivilperson besucht, die im Hause der Gesells scheinbar Spuren gesucht hat«, antwortete Hiebler. »Laut Rosa sah der Mann genauso aus wie du, Iannis. Elegant gekleidet, dunkle Haare, nur hatte er im Gegensatz zu dir einen Moustache.«

Iannis Krieger rekapitulierte still Hieblers Worte. Dann wandte er sich von den anderen beiden ab und sah besorgt aus dem Fenster.

Unbemerkt von Deschel und Hiebler wurde er bleich.

Kleine Schweißtropfen bildeten sich auf seiner Stirn.

Iannis Kriegers schlimmste Befürchtung schien sich bewahrheitet zu haben.

Kapitel 14

DER MANN AUS ZÜRICH stand am Sonntag, dem 6. August 1888, früh um 7 Uhr morgens auf. Über Nacht war eine Schlechtwetterfront über Würzburg hereingebrochen. Mit nur zwölf Grad war es relativ kalt für Anfang August. Außerdem regnete es leicht. Der Mann sah aus dem Fenster seines Hotelzimmers auf die Straßen der Würzburger Innenstadt. Das Wetter störte ihn nicht. Weder Regen noch Wind würden ihn abhalten können, sein Vorhaben umzusetzen. Entgegen seiner sonstigen Gewohnheit verzichtete er diesen Morgen darauf, sich zu waschen und zu rasieren. Der Mann zog sich an, packte seine Sachen zusammen und ging aus dem Zimmer. Nach dem Frühstück bezahlte er die Rechnung und verließ mit insgesamt drei Reisetaschen das Hotel.

Anschließend ging der Mann aus Zürich die Kaiserstraße hinab zum Hauptbahnhof. Er begab sich in eine Toilette, öffnete eine der drei Taschen und entnahm ihr ein paar Kleidungsstücke. Anzug, weißes Hemd, Hut und Schuhe wurde gegen eine Arbeitsjacke, löchrige Hosen, eine graue Mütze und geflickte Arbeitsschuhe gewechselt. Sodann ging er zur Gepäckaufbewahrung in die Bahnhofshalle und gab dort die Tasche mit der Kleidung ab.

Er nahm die beiden verbliebenen Reisetaschen und verließ den Bahnhof. Vom Bahnhofsplatz ging er links in den Ringpark. Hinter einem Toilettenhäuschen stand ein Handkarren mit Schaufel und Besen – genauso, wie ihn der Mann am Tag zuvor hingestellt hatte. Er hievte die beiden Taschen auf die Ladefläche des Karrens, legte Schaufel und Besen daneben und ging, ein Lied pfeifend, durch den Park. Aus dem Schweizer Ingenieur und Tunnelbauer war nun ein fränkischer Straßenreiniger und Tagelöhner geworden.

Zur gleichen Zeit spazierte Krieger ziellos durch die verregnete Stadt. Er hatte schlecht geschlafen und musste nachdenken. Lange hatte er überlegt, ob er nicht nach München zurückfahren sollte. Schließlich war der Fall ja aufgeklärt – zumindest nach Georg Hieblers und Deschels Einschätzung. Aus diesem Grund wollten die beiden auch den Sonntag größtenteils auf einem Maindampfer verbringen und ihren Erfolg feiern. Außerdem war Hiebler der Ansicht, dass er Deschel noch etwas schuldig war.

Krieger wurde zwar gefragt, ob er nicht mitkommen wollte, er hatte es jedoch bevorzugt, in Würzburg alleine zurückzubleiben. Ihm war weder nach Alkohol noch nach Essen oder Feiern zumute. In seinem Kopf kreisten die Gedanken. Ein Mann aus Zürich? Ein Mann, der so ähnlich aussieht wie ich selbst? Ein Mann, der Zugang zu Dynamit hat? Ein Mann, der Anarchist ist?

Krieger stapfte mit aufgestelltem Kragen und eingezogenem Kopf durch die Altstadt. Auf den Straßen waren mittlerweile viele Passanten unterwegs. Sie trugen ihre besten Anzüge und Kleider – Kirchgänger auf den Weg zum Gottesdienst in einer der vielen Kirchen Würzburgs. Krieger beobachtete die vorbeiziehenden Männer, Frauen und Kinder. Er selbst hatte sich nie viel aus der Kirche gemacht. Seit Jahren hatte er keinen Gottesdienst mehr besucht. Also ließ er die anderen Menschen an ihm vorbeiziehen. Er selbst wählte die entgegengesetzte Richtung, marschierte zum Main und ging den Uferweg dort weiter flussaufwärts. Nach einer guten Stunde kam er in Randersacker an. Die Gärten der vielen Gaststätten in dem beschaulichen Weinort waren wegen des schlechten Wetters leer. Krieger suchte sich eine Bank am Mainufer. Er setzte sich hin, lehnte sich zurück, streckte die Beine aus und blickte auf das langsam dahinfließende Wasser.

Iannis Krieger dachte zurück an seine Kindheit in Bamberg. Für ihn war Franken die Heimat – schon als Kleinkind. Auch hatte er nie ein Problem damit, dass seine Eltern in Diensten des gestürzten Königs Otto standen. Im Gegenteil, er war stolz darauf, dass beide Elternteile so ein enges Verhältnis zu dem ehemaligen griechischen König und dessen Frau, Königin Amalie, hatten.

Anders war es mit Christos, dem älteren Bruder. Dieser fühlte sich als Grieche, der seiner Heimat beraubt worden war. Christos verachtete seine Eltern dafür, dass sie als Lakaien des königlichen Hofes Otto und Amalie ins Exil gefolgt waren. Sie hätten sich der griechischen Revolution anschließen sollen, war doch der Sturz eines Königs, der außer seinem Namen keinerlei Recht hatte, über ein fremdes Volk zu regieren, etwas Edles und Gerechtes. Neue Zeiten bedurften neuer Herrschaftsformen. Das Festhalten am Ewiggestrigen störte Christos. Nur einer Person aufgrund deren Herkunft blindlings zu folgen, erschien ihm unsinnig. Ein Land zu regieren, erforderte seiner Meinung nach Klugheit und Geschick – nicht eine Abstammung aus einem mittelalterlichen Adelsgeschlecht. Dass die eigenen Eltern dieser veralteten Herrschaftsform gehorchten, machte ihn wütend. Am meisten traf ihn dann jedoch der Umstand, dass mit dem Tod der Königin Amalie einige Jahre nach Ottos Tod seine Eltern nicht testamentarisch bedacht worden waren. Die beiden hatten fast ihr gesamtes Leben im Dienst des kinderlosen Königspaars verbracht. Sie waren immer anständig und loyal gewesen. Dennoch erhielten sie nach deren Ableben nicht einen einzigen Pfennig. Für Christos war dies ein weiteres Beispiel für die Geldgier und den Machthunger des Adels bis über den Tod hinaus.

Die Wut über die Monarchie begleitete Christos während seiner gesamten Kinder- und Jugendzeit. Als knapp 20-Jähriger fand er schließlich andere Menschen in seinem Alter, die ähnlich dachten wie er selbst. Er wurde Anhänger der noch jungen Bewegung des Marxismus. Intellektuelle wie er trafen sich in Kaffeehäusern und debattierten über die neu anzustrebende Weltordnung.

Durch Revolution eine klassenlose Gesellschaft zu erzielen, war jetzt sein Ziel.

Dann begann er mit dem Studium der Ingenieurwissenschaften in Frankfurt. Die Revolution musste jetzt warten. Christos war klug genug zu verstehen, dass er mit revolutionären Gedanken nicht seinen Lebensunterhalt würde bestreiten können. Also schloss er das Studium mit Bestnoten ab und trat anschließend eine Stelle bei der *Gotthard-Bahngesellschaft* in der Schweiz an. Er half mit beim Bau des 15 Kilometer langer Eisenbahntunnels quer durch die Alpen. Die Stelle war gut bezahlt und die Schweiz ein Land, das ihm gefiel. Eine Demokratie, in der seit Jahrhunderten das Volk regierte und nicht Könige, Fürsten oder Bischöfe.

Iannis hatte zu diesem Zeitpunkt öfters Kontakt mit seinem Bruder. Sie schrieben sich Briefe und besuchten sich gegenseitig ein- bis zweimal im Jahr. Der Bau des Gotthard-Tunnels war ein Mammutwerk. Meter für Meter bohrten, klopften und hämmerten sich zum Teil bis zu 3.000 Arbeiter durch den Berg. Tag und Nacht erfolgten Sprengungen. Die Menge an benötigtem Dynamit war so groß, dass man mit der Lieferung nicht mehr nachkam. Es wurde daher in Isleten, am Südufer des Vierwaldstättersees unweit des Nordportals des Tunnels, eine eigene Dynamitfabrik erbaut.

Zunächst berichtete Christos stolz seinem Bruder vom raschen Fortschreiten des Baus. Die oberste Maxime war, den engen Zeitplan einzuhalten. Mit der Zeit machte Christos jedoch die Erfahrung, dass dieses Tempo zur Einhaltung der Kostenkalkulation einen hohen Preis hatte. Die Arbeiter wurden wie Sklaven behandelt. Sie schliefen in engen, stinkenden Räumen auf halb verfaulten Strohsäcken. Es fehlte an frischem Wasser und an Nahrung. Neben den Menschen, die durch abstürzende Geröllmassen und falsch koordinierte Sprengungen ums Leben kamen, starben Hunderte Arbeiter an Hunger, Kälte und Infektionskrankheiten.

Christos' Briefe an den Bruder änderten sich nun. Der anfänglichen Begeisterung folgten erschütternde Bericht über die Ausmaße des Leidens und über die Umstände, die hierzu geführt hatten. Jetzt waren es Großindustrielle und Spekulanten, nicht mehr Fürsten oder Könige, die das Volk drangsalierten. Das menschliche Individuum wurde zum unmündigen Sklaven. Ein Arbeiter war ein Werkzeug, eine Maschine. Sobald das Werkzeug nicht mehr funktionierte, musste rasch für Ersatz gesorgt werden. Hatte sich Christos zu diesem Zeitpunkt nach außen den Anschein des strebsamen Ingenieurs bewahrt, so begann es jetzt, in seinem Innern zu brodeln. Er verstand nun, dass jede Regierung – auch eine Demokratie – nur dafür gut war, ihre eigene Unfähigkeit zu beweisen. Die logische Konsequenz war für ihn, an den Säulen der Herrschaft zu rütteln und diese damit zum Einsturz zu bringen.

Iannis Krieger hatte bereits damals von den revolutionären Umtrieben des eigenen Bruders gewusst. Zu offensichtlich waren die Äußerungen in seinen Briefen und auch in den seltenen persönlichen Gesprächen. Mit den Jahren hatte Christos die Geisteshaltung eines

Anarchisten angenommen, der als Tunnelbauingenieur zudem einen relativ unproblematischen Zugang zu Dynamit hatte. Trotz dieser Kenntnis war für Iannis sein Bruder weit weg gewesen – in der Schweiz. Vieles an Christos' Äußerungen erschien ihm als träumerisches Geschwätz. Dass sein Bruder nun jedoch möglicherweise hier in Bayern vor seinen Augen plante, die Propaganda tatsächlich in die Tat umzusetzen, bereitete ihm Sorgen. Iannis musste Christos finden und ihn aufhalten, auch zu dessen eigenem Schutz. Die Frage war nur, wo, wann und vor allem wie?

Es war Sonntag, Deschel und Hiebler unternahmen ihren Ausflug. Die Wache der Gendarmerie war bis auf eine Notbesetzung leer. Unterstützung würde er also nicht bekommen, er musste alleine nach seinem Bruder suchen. Krieger überlegte, alle Hotels in der Stadt einzeln nach ihrer Gästeliste abzufragen. Er verwarf die Idee, hätte er doch an die 20 Hotels und Pensionen besuchen müssen. Zudem wusste er nicht, wo überall in der Stadt Gästebetten angeboten wurden. Er beschloss daher, bis zum nächsten Tag zu warten und sich dann auf den Ort zu fokussieren, an dem das potenzielle Opfer nächtigen würde: die Würzburger Residenz!

Während Iannis Krieger am Main entlang spazierte, schob sein Bruder Christos einen Handkarren durch den Ringpark. Als er den Rennweg erreicht hatte, ging er ein paar Meter stadteinwärts an einem kleinen Wäldchen vorbei, welches sich in Form eines Dreiecks zwischen Rennweg, Rennweger Ring und Husarenstraße erstreckte. Hier blieb er stehen. Vor ihm befand sich etwa 20 Meter entfernt das *Rosenbachpalais*. Gegenüber, auf der anderen Straßenseite, war die Residenz. Beide Gebäude waren mit dem *Oegg-Tor* miteinander verbunden. Das Tor, eine barock verschnörkelte Mischung aus Schmiedeeisen und Sandstein, verengte die Straße. Links und rechts war der Durchgang nur für Fußgänger möglich. Der mittlere Durchgang erlaubte die Durchfahrt von Droschken, war jedoch mit nur etwa drei Meter so schmal, dass die Kutscher die Geschwindigkeit reduzieren mussten, um nicht an den seitlichen Pfeilern anzustoßen. Christos nickte sich selbst zu. Er fühlte sich bestätigt, dass dies der ideale Platz war. Der Tross mit dem Prinzregenten würde in Schrittgeschwindigkeit hier durchmüssen, um zum Hauptportal der Residenz zu gelangen. Zudem wäre durch die hohen Mauern der beiden Gebäude links und rechts der Straße die Sprengwirkung deutlich stärker als auf freier Flur.

Christos blickte sich um, ob Passanten oder Wachsoldaten in der Nähe waren. Nachdem er niemanden sah, nahm er die beiden Taschen aus dem Handkarren und verstaute sie im dichten Gestrüpp einer Hecke, die das Wäldchen zum Rennweg abgrenzte. Anschließend nahm er wieder seinen Karren und überquerte, ein Lied pfeifend, die Straße. Hier endete der Bau der Residenz. Zwischen dem Gebäude und der stadtauswärts entlang des Rennwegs führenden Ummauerung des Residenzparks befand sich ein eisernes Tor, der abgesperrte Eingang zum Schlosspark. Dahinter hielten zwei Soldaten Wache. Christos ging zu dem Tor und warf einen Blick in den Park. Die Rosen standen in voller Blüte, umgeben von kleinen, akkurat zugeschnittenen Buchsbaumhecken.

Die Soldaten bemerkten Christos' Neugierde und gingen argwöhnisch auf ihn zu.

»Gott zum Gruße!«, sagte Christos freundlich zu den Soldaten, hob seine Kappe und machte eine kurze Verbeugung. »Muss hier sauber machen, den Mist wegkehren – hat man mir gesagt. Warum das am Sonntag sein muss, weiß ich nicht, aber ist man nicht für jeden Groschen dankbar?«

Die Soldaten musterten die schmutzige Gestalt des Straßenreinigers. »Die königlichen Hoheiten werden wohl ungern durch Pferdemist waten, wenn sie morgen ankommen«, brummte einer der beiden. »Geht in Ordnung!«, rief er dann Christos zu und wandte sich wieder ab.

Christos lupfte erneut seine Kappe und schob den Karren weiter. Neben der Seitenfront der Residenz stellte er den Wagen ab. Hier war der Weg durch eine rundliche Vorwölbung des barocken Baus enger. Er holte Besen und Schaufel hervor und begann, Mist und sonstigen Unrat säuberlich vom Kopfsteinpflaster der Straße und des Gehwegs wegzukehren und mit der Schaufel auf die Fläche des Karrens zu befördern. Nach etwa einer Stunde legte er Schaufel und Besen daneben und ging wieder Richtung Park.

»Ich komme später noch mal – muss nachher weitermachen. Gott sei Dank hat es zwischenzeitlich das Regnen aufgehört«, rief Christos beim Vorbeigehen den

Wachsoldaten hinter dem Tor zu und warf einen Blick nach oben.

Die Soldaten nickten ihm kurz zur Bestätigung zu.

Christos wiederholte die Prozedur drei weitere Male. Es war immer das Gleiche. Freundlich lächelnd schlurfte er an den Wachsoldaten vorbei und fegte den Rennweg bis zum Residenzplatz sauber. Dann stellte er den Handkarren wieder ab – immer an derselben Stelle, vor der Ausbuchtung der Seitenfront der Residenz gegenüber des *Rosenbachpalais* und nur etwa 15 Meter vom *Oegg-Tor* entfernt.

Am frühen Abend holte sich Christos etwas zu essen und zu trinken. Er suchte sich im Ringpark ein Plätzchen auf einer Bank, aß und dachte nach. Der Karren blieb dort stehen, wo er den ganzen Tag gestanden hatte – sichtbar für jedermann, der durch das Tor ging oder ritt – mit einem Berg von Pferdemist auf der Ladefläche.

Kapitel 15

BEIDE KRIEGER-BRÜDER SCHLIEFEN schlecht in der Nacht auf den Montag.

Iannis plagten die Gedanken an seinen Bruder.

Christos selbst kauerte währenddessen bei kühlen Temperaturen auf klammem Boden in der Hecke. Den Kopf hatte er auf eine der beiden Reisetaschen gebettet. An Schlaf war nicht zu denken. Irgendwann in den frühen Morgenstunden, etwa eine Stunde vor Beginn der Dämmerung, stand er auf und urinierte. Dann kramte er im Dunkeln aus einer der beiden Taschen ein hölzernes Kästchen, welches in etwa die Größe seiner Hand hatte. An dem Kasten war eine kleine Kurbel, ein Drehschalter sowie zwei Schrauben zur Verankerung der beiden Pole eines Stromkabels montiert. Es war eine elektrische Zündmaschine – eine Erfindung von Werner von Siemens, die für Sprengungen im Tunnelbau entwickelt worden war. Die üblichen Zündschnüre, welche anfällig für Nässe und Wind waren, wurden somit unnötig. Die Zündmaschine war über ein Kabel mit dem Sprengsatz verbunden. Ein Handgenerator erzeugte durch Drehen der Kurbel Strom. Nach Betätigung des Schalters an der Maschine wurde der Stromkreis geschlossen, und ein

Stromimpuls führte zur Explosion des Dynamits. Somit war auch bei schlechter Witterung eine rasche Sprengung mit ausreichendem Sicherheitsabstand möglich.

Christos ließ die Zündanlage in seinem Versteck. Beide Taschen tragend, wagte er sich auf die Straße. Es war keine Menschenseele weit und breit sichtbar. Außer ein paar Vögeln, die noch recht zaghaft mit ihrem Morgenlied begannen, war alles ruhig. Christos wusste, dass er sich nun beeilen musste. Im Schutz der Dunkelheit schlich er mit den Taschen zu dem Handkarren. Er räumte etwas Pferdemist zur Seite und stellte die Taschen auf der Ladefläche ab. Anschließend nahm er drei Sechserpakete aneinandergebundene Dynamitstangen aus der einen Tasche und legte sie zu dem restlichen Dynamit, welches er aus dem Gesell-Haus mitgenommen hatte. Dann entnahm er der Tasche eine Rolle mit einem dünnen, schwarz ummantelten Kupferkabel. Er verdrahtete die Enden mit dem Dynamit, schloss die Tasche und verteilte Pferdemist darüber. Dann führte er den Draht über ein Rad des Karrens bis an den Straßenrand. Christos rollte das Kabel über etwa 30 Meter ab, bis er wieder sein Versteck erreicht hatte. Er bemühte sich, das Kabel am Rand der Straße und in den Fugen der Kopfsteinpflasterstücke verlaufen zu lassen. Anschließend lief er zu dem Wagen zurück. Er griff sich den Besen und verteilte sorgfältig und gleichmäßig Straßendreck über die gesamte Kabelstrecke.

Als er fertig war, dämmerte es bereits. Christos legte den Besen wieder auf den Karren zu der Schaufel, dem Pferdemist und der mit mehr als 40 Stangen Dynamit bepackten Reisetasche. Dann warf er einen letzten kontrollierenden Blick auf das Zündkabel. Er ging zurück in sein Versteck, verdrahtete das andere Ende des Kabels mit der Zündmaschine und setzte sich auf den kalten Boden im dichten Gebüsch der Hecke. Nun hieß es für Christos, Geduld zu haben. In fünf bis sechs Stunden würde er die Bombe zünden können.

Kapitel 16

AM NÄCHSTEN MORGEN hatte es Iannis Krieger eilig. Er wusste nicht, wann der Sonderzug des Prinzregenten am Hauptbahnhof eintreffen würde, ging aber davon aus, dass er ähnlich wie der normale Linienzug spätabends München verlassen hatte. Die Hoheiten würden daher spätestens um die Mittagszeit ankommen.

Als er im Rathaus eintraf, fand er Hiebler und Deschel im Zimmer des Chefs der Gendarmerie gemeinsam frühstücken.

»Guten Morgen, Iannis!«

»Guten Morgen, Herr Hauptmann!«, wurde Krieger von den beiden überschwänglich freundlich begrüßt.

»Guten Morgen«, antwortete Krieger. »Herr Deschel, Georg, wir müssen über …«

»Schade, dass du gestern nicht dabei warst«, unterbrach ihn Hiebler. »Das Wetter war zwar eher bescheiden, aber wir hatten dennoch einen herrlichen Tag.«

»Und mittlerweile verträgst du auch den *Silvaner*, gell, Georg?«, pflichtete Deschel grinsend bei. »Oder, was meint dein Kopf?«

»Bestens, Friedhelm, bestens. Ich bin vollständig symptomfrei«, antwortete Hiebler lachend.

»Ich möchte euch ja ungern die gute Laune verderben«, begann Krieger erneut, »aber sollten wir uns nicht langsam um die Ankunft des Prinzregenten kümmern? In wenigen Stunden wird der königliche Hof in Würzburg eintreffen. Ich bin mir nicht sicher, ob …«

»Jetzt setzen Sie sich doch mal hin, Herr Hauptmann Krieger«, unterbrach dieses Mal Deschel und wies mit dem Messer in der Hand auf einen freien Stuhl. »Wollen Sie auch mit uns frühstücken? Oder wenigstens eine Tasse Tee mittrinken?«

Krieger nahm widerstrebend Platz. »Nein, danke! Ich hatte bereits Frühstück.«

Deschel biss von einer Scheibe Brot ab. »Also passen Sie auf«, begann er mit vollem Mund. »Gestern Abend kam noch ein Telegramm von einem …«, er hob ein Stück Papier von seinem Schreibtisch hoch und begann zu lesen: »… von einem Major von Schlier.«

»Major von Schlier, Offizier im Leibregiment Seiner Majestät«, ergänzte Krieger.

»So ist es«, fuhr Deschel fort und spülte den Bissen in seinem Mund mit einem Schluck Tee hinunter. »Der Major berichtet, dass der Sonderzug des Prinzregenten um 10 Uhr in Würzburg eintrifft. Hoheit wünscht anschließend unverzüglich in die Residenz gebracht zu werden, um sich dort von den Reisestrapazen zur erholen. Abends ist dann ein Essen mit dem Bürgermeister geplant, und für den morgigen Tag steht die Fahrt nach Bad Kissingen an. Soweit das Wetter es zulässt, wünscht der Prinzregent dann mit der offenen Kutsche die Ovationen der Würzburger Bevölkerung entgegenzunehmen. Für uns bedeutet das, allenfalls morgen etwas genauer nachzusehen, ob sich nicht irgendein Wirrkopf unter die jubelnden Passanten am Straßenrand verirrt hat.«

»Das heißt, dass Sie heute keinerlei Sicherheitsmaßnahmen ergreifen werden?«, fragte Krieger.

Deschel schüttelte genervt den Kopf.

»Iannis, ich bin das vorhin mit Friedhelm Deschel durchgegangen«, mischte sich jetzt Hiebler ein. »Der Prinzregent wird direkt am Bahnsteig in Empfang genommen. Die Kutsche für die Hoheiten, ein Vierspänner, sowie gesattelte Pferde für die Leibgarde warten dort bereits. Dann erfolgt die Fahrt über den Rennweger Ring zur Residenz. Die gesamte Strecke wird gesperrt sein, und alle 50 Meter steht ein Gendarm. Vor und hinter der Kutsche werden jeweils mehrere Soldaten des Leibregiments reiten. Darunter auch der dir bestens bekannte Major von Schlier. Es kann also gar nichts passieren. Ein Attentäter käme gar nicht in die Nähe. Jede Bombe, jede brennende Zündschnur würde frühzeitig entdeckt werden.«

»Und die Residenz?«, hakte Krieger nach.

»Neben den üblichen Wachsoldaten sind zusätzlich fünf Gendarmen abkommandiert worden. Wir haben extra Verstärkung aus den umgebenden Gemeinden angefordert«, antwortete wieder Deschel. »Zudem werde ich selbst, die beiden Oberwachtmeister und Herr Assessor Hiebler am Residenzplatz vor Ort sein. Wenn Sie es möchten, können Sie uns gerne begleiten, Herr Hauptmann.«

»Sei beruhigt, Iannis«, fuhr Hiebler fort. »Es kann nichts passieren. Und außerdem haben wir doch die potenziellen Attentäter gefasst. Zwei sitzen im Kerker, und der dritte liegt in der Pathologie.«

Krieger nickte zögerlich.

»Und wann habt ihr vor aufzubrechen?«, fragte er schließlich.

Hiebler kramte seine Taschenuhr aus der Westentasche. »In genau 40 Minuten«, antwortete er und blickte auf Deschel. »Friedhelm, du solltest langsam die Uniform anziehen. Und vergiss deinen Säbel nicht. Der Prinzregent soll ja schließlich keinen schlechten Eindruck von dir haben.« Lächelnd steckte er die Uhr wieder ein und trank einen Schluck Tee.

»Du weißt, wie gerne ich mit dem Säbel an der Seite laufe«, erwiderte Deschel lächelnd und schob sich den Rest seines Brotes in den Mund. »Ständig hast du Angst, das Ding entweder zu verlieren oder darüber zu stolpern.«

Zur gleichen Zeit wurde Christos wach, um etwa 6 Uhr morgens waren ihm die Augen zugefallen, und er war unbeabsichtigt eingeschlafen. Verwirrt schaute er aus seinem Versteck auf die gegenüberliegende Straßenseite. Der Handkarren stand immer noch an der gleichen Stelle. Erleichtert atmete er auf. Dann blickte er stadtauswärts auf die andere Seite des Rennwegs. Er war überrascht, weder Fußgänger noch Kutschen auf der sonst eher verkehrsreichen Straße zu sehen. Schräg gegenüber seines Verstecks stand hinter dem Tor zum Residenzgarten der ihm vom gestrigen Tag bekannte Wachsoldat. Davor war ein Gendarm positioniert. Die Straße hinauf, an der Kreuzung zum Rennweger Ring, sah Christos in etwa 50 Meter Entfernung einen weiteren Gendarmen, der Fußgänger daran hinderte weiterzugehen. Die Straßen sind schon abgesperrt, dachte er sich. Lang kann es also nicht mehr dauern.

Kurz warf er einen Blick auf die Zündanlage. Die Kupferenden des Stromkabels waren weiterhin mit dem Kästchen verbunden. Seine Augen folgten dem Kabel bis über die Straße, soweit er es überhaupt erkennen konnte. Der Schmutz der Straße und der Verlauf zwischen den Pflastersteinen machten es für alle anderen unsichtbar – sogar jetzt im hellen Sonnenlicht. Dessen war er sich sicher.

Deschel, Hiebler und Krieger gingen vom Rathaus die Hofstraße entlang bis zum Residenzplatz. Auf der großen freien Fläche vor dem Hauptportal des barocken Prachtbaus waren mehrere Wachsoldaten sowie die beiden Oberwachtmeister zu sehen. Der Konvoi mit dem Prinzregenten sollte nach Passage des *Oegg-Tors* scharf links abbiegen und ohne anzuhalten in den Innenhof der Residenz fahren.

»Irgendwelche Besonderheiten, Betzel?«, begrüßte Deschel den Oberwachtmeister.

»Alles in Ordnung, Chef«, entgegnete dieser.

»War der Eingang zur Residenz Tag und Nacht bewacht?«, fragte Krieger einen der Wachsoldaten.

Dieser blickte Krieger verstört an. Er war überrascht, zwei Zivilisten im Geleit der Gendarmerie zu sehen.

»Das sind Hauptmann Krieger und Assessor Hiebler vom Innenministerium in München. Wundern Sie sich nicht, die Herren tragen nie Uniform«, ergänzte Deschel, der die Verwunderung des Soldaten zu erahnen schien.

»Selbstverständlich war der Eingang bewacht!«, antwortete der Soldat. »Jeder, der hier rein- und rausgegangen ist, wurde von uns überprüft.«

Alle nickten.

»Wann treffen die Hoheiten ein?«, fragte Deschel den Soldaten.

»Sollte innerhalb der nächsten Minuten der Fall sein«, antwortete dieser.

»Gut!«, fuhr Deschel fort. »Dann sehen wir uns mal die Absperrung am Rennweg an!«

Er marschierte los und stolperte dabei über den an seiner Seite baumelnden Säbel. Die Wachsoldaten und Hiebler könnten sich ein hämisches Grinsen nicht verkneifen.

»Kruzifix!«, schimpfte Deschel. »Immer dieses verfluchte Ding da!«

Wütend zog er den Gürtel hoch, an dem der Säbel befestigt war. Dann ging er gemeinsam mit Hiebler und Krieger durch das *Oegg-Tor*.

Die Straße auf der anderen Seite des Tors war leer. Die in etwa 50 Meter Abstand zueinander positionierten Gendarmen salutierten freundlich, als sie Deschel erkannten. Auf der rechten Seite, etwa 15 Meter vom

Tor entfernt, stand der Handkarren eines Straßenfegers mit Schaufel, Besen und dem dazugehörigen Mist auf der Ladefläche.

Christos sah aus seinem Versteck, wie Deschel, Hiebler und Iannis Krieger den Rennweg stadtauswärts gingen. Kurz meinte er, seinen Bruder erkannt zu haben. Dann verwarf er den Gedanken. Warum sollte jetzt hier in Würzburg sein Bruder auftauchen? Es konnte sich nur um eine Verwechslung handeln.

Plötzlich hörte er Hufgeklapper von der anderen Richtung kommend. Er drehte sich um und blickte durch die Sträucher der Hecke aufgeregt in Richtung der Ringstraße.

Major von Schlier ritt mit vier Soldaten des Leibregiments voraus. In etwa 20 Meter Abstand folgte der Vierspänner mit dem Prinzregenten, Prinz Ludwig, dem Thronfolger, sowie dessen Gemahlin Marie-Therese. Zehn Meter dahinter ritten fünf weitere Soldaten, um die Kutsche nach hinten abzusichern.

Christos sah jetzt von Schlier und die anderen vier Soldaten an ihm vorbeitraben. Sie schienen das Tempo zu verringern. Neben dem Klappern der Hufe hörte er jetzt auch die Räder der Kutsche über das Kopfsteinpflaster rollen. Auf seiner Stirn bildeten sich Schweißperlen. Er wischte sich die Hände an der Hose trocken, nahm die Zündanlage in die linke Hand und hielt die Kurbel des Handgenerators mit der rechten Hand. Noch ein kleiner Moment – wenn die Kutsche auf der gleichen Höhe ist – dann dreimal die Kurbel drehen, in Deckung gehen und kurz danach den Schalter betätigen.

Iannis Krieger, Hiebler und Deschel blieben stehen, als sie von Schlier dem Konvoi vorausreiten sahen. »Gott zum Gruße, Herr Major!«, rief Krieger.

Von Schlier hob seine rechte Hand hoch, um den Reitern und dem Kutscher zu signalisieren, dass er anhalten wolle. Er zog am Zügel und brummte leise »Brrr«. Das Pferd und mit ihm der gesamte Konvoi blieben stehen.
»Hauptmann Krieger und der Assessor aus dem vierten Stock«, begann von Schlier. »Das ist aber ein unerwartetes Empfangskomitee.«

»Warum reiten die nicht weiter?«, zischte Christos leise und wischte sich erneut die rechte Hand an der Hose trocken.

»Deschel, Chef der Gendarmerie Würzburg«, stellte sich Deschel von Schlier ungefragt vor. Er versuchte, an den Reitern vorbei, einen Blick auf oder in die Kutsche dahinter zu werfen. »Ich gehe davon aus, dass die Königlichen Hoheiten in Würzburg eingetroffen ist.«
»So ist es!«, antwortete von Schlier. Er warf einen abschätzigen Blick auf die Gruppe. »Wenn Sie uns nun gestatten weiterzureiten? Der Prinzregent ist von den Strapazen der Reise erschöpft.«

Hiebler erinnerte sich wieder an die letzte Begegnung mit Major von Schlier, als dieser ihn vor den Augen des Ministers gedemütigt hatte. Er wich seinem Blick aus und sah beschämt zu Boden. Die Hufe der Pferde schlugen unruhig auf dem Kopfsteinpflaster auf: Klackklack – klackklack – klackklack.

»Was ist denn das?«, murmelte er leise vor sich hin und sah genauer hin. Zwischen den Hinterhufen des unruhig auf der Stelle trabenden Pferdes des Majors bewegte sich etwas wie eine dünne schwarze Schlange oder ein langer Wurm, der immer wieder hochsprang. »Was ist das? Eine Schnur?«, fragte sich Hiebler erneut.

»Warum reiten die nicht weiter?«, zischte Christos in seinem Versteck.

Hiebler tippte Krieger an, als von Schlier sein Pferd wieder mit den Sporen antrieb. »Iannis, schau! Da auf dem Boden!«, sagte er und zeigte auf die Hufe der sich wieder in Bewegung setzenden Pferde. »Siehst du die Schnur?«
 Krieger folgte Hieblers Finger und erkannte zwischen den Pflastersteinen ein dünnes schwarzes Kabel. »Halt!«, schrie er plötzlich. »Nicht weiterreiten!«

Die Reiter und der Kutscher zogen kräftig am Zügel. Widerwillig blieben die Pferde wieder stehen. »Was ist denn jetzt los?«, fragte von Schlier genervt. Krieger ignorierte den Major und lief zwischen den Pferden auf die Straße. Jetzt sah er die Schnur in Schlangenlinien vor sich liegen. Krieger griff sich das Kabel und zog daran. Er erkannte, dass es zu einer Hecke am Straßenrand führte. So schnell er konnte, lief er entlang des Kabels zu dem Gebüsch in das kleine Wäldchen am Rennweg.

Christos spürte noch den Zug an dem Kästchen, das er in seiner Hand hielt, als plötzlich sein Bruder Iannis nach Atem ringend vor ihm stand.
»Was zum Teufel ...«, begann Christos, als er seinen Bruder erblickte.
»Ich wusste, dass du es bist«, keuchte Iannis. »Es ist vorbei. Was immer das Ding da in deiner Hand ist – leg es weg, Christos!«
»Mein kleiner Bruder Iannis. Dich hier in Würzburg zu sehen, verwundert mich nun doch etwas.« Christos ging mit der Zündanlage einen Schritt zurück.
»Es ist aus!«, schrie plötzlich Iannis Krieger. »Leg – das – Ding – da – weg!«
»Einen Teufel werde ich tun!«, erwiderte Christos und begann, die Kurbel zu drehen.

Als von Schlier Kriegers Schreie hörte, sprang er aus dem Sattel und eilte mit gezogenem Revolver der Lärmquelle entgegen.

Hiebler griff sich das Kabel von der Straße. Im Gegensatz zu Krieger folgte er ihm in die andere Richtung. Jetzt erkannte er, dass das Ende zu dem Straßenreinigerkarren führte. »Schnell, Friedhelm!«, rief er Deschel zu. »Gib mir deinen Säbel!« Deschel dachte nicht lange nach. Er zog den Säbel und reichte ihn wortlos weiter. Hiebler lief mit gezogener Klinge zu dem Karren.

»Christos! Schmeiß das Ding da weg!«, schrie Iannis erneut.

»Hände weg davon oder ich schieße!«, rief plötzlich von Schlier, der mittlerweile bei den beiden Krieger-Brüdern angekommen war. Er hielt seinen Revolver auf Christos gerichtet. »Ich sagte: Hände weg davon!«

Hiebler sah das Kabel etwas verdeckt um eine Radspeiche des Karrens gewickelt zur Ladefläche führend. »Egal, was da auf dem Wagen ist, die Schnur muss weg!«, murmelte er vor sich hin.

Christos sah mit großen Augen zunächst auf von Schlier, dann lächelte er seinen Bruder an. »Wir sollten jetzt besser in Deckung gehen, kleiner Bruder!« Er ließ die Kurbel los.

Hiebler holte mit dem Säbel aus.

Christos legte den Zeigefinger auf den Schalter. Er schloss die Augen, während …

… Hiebler mit aller Kraft die Klinge auf die hölzerne Radspeiche mit dem herumgewickelten Kabel krachen ließ.

Dann drückte Christos den Schalter der Zündanlage.

Holzspäne sprangen von der Speiche weg. Immer wieder schlug Hiebler zu.

Christos, sein Bruder Iannis und von Schlier duckten sich instinktiv und warteten auf die Detonation. Der Lichtblitz des explodierenden Dynamits, die Druckwelle, der Krach … sie blieben alle aus!
Mit einer Mischung aus Verwunderung und Entsetzen öffnete Christos die Augen. Er blickte fragend auf seinen Bruder Iannis. Erneut begann er – dieses Mal panisch-hektisch – die Kurbel des Handgenerators zu drehen.
In diesem Moment betätigte von Schlier den Abzug seines Revolvers. Mit einem ohrenbetäubenden Krach löste sich der Schuss. Die Kugel traf den Attentäter mitten in die Stirn. Die Zündanlage fiel zu Boden, dann sackte Christos in sich zusammen. Er war tot.

Als Hiebler auf der anderen Seite der Straße, etwa 30 Meter entfernt, den Schuss hörte, dachte er zunächst, dass etwas in seiner Nähe explodiert sei. Dann betrachtete er das durchgetrennte Kabel. Er legte Deschels Säbel auf den Boden und zog an dem kurzen verbliebenen Ende, bis sich auf der Ladefläche des Handkarrens unter dem Pferdemist etwas bewegte. Hiebler entfernte eilig den Mist. Er sah eine Reisetasche und öffnete den Verschluss. Was er entdeckte, waren mindestens drei Dutzend miteinander verbundene Dynamitstangen. Er wurde bleich im Gesicht und musste tief durchatmen. Dann ließ er das Kabel fallen, hob den Säbel wieder auf und entfernte sich rasch von dem Karren. »Friedhelm, ich glaube, dass wir höllisches Glück gehabt haben«, sagte er leise zu Deschel. »Da vorn auf dem Karren ist eine Tasche, die randvoll mit Dynamit ist.«

»Eine Bombe? Jetzt doch?«, entgegnete Deschel. »Hier vor der Residenz? In Würzburg?«. Bestürzt blickte er um sich in Erwartung einer Explosion oder zumindest eines weiteren Schusses.

Die anderen Soldaten, die zuvor noch auf ihren Pferden gesessen waren, gingen nun mit gezogenem Revolver ihren Kommandanten, Major von Schlier, suchen. »Herr Major!«, rief einer der Soldaten in Richtung des kleinen Wäldchens. »Alles in Ordnung?«

»Alles in Ordnung!«, drang von Schliers Stimme durch die Hecke. Er steckte den Revolver in seinen Gurt und bewegte sich in Richtung Straße. »Der Attentäter ist erledigt.«

Dann drehte er sich zu Krieger um. »Und Sie, Herr Hauptmann, bewegen sich keinen Schritt! Wenn der tote Mann dort im Gebüsch, der wie es scheint, uns alle in die Luft jagen wollte, tatsächlich Ihr Bruder ist, dann gibt es noch Gesprächsbedarf. Sie haben mich verstanden?«

Iannis reagiert nicht. Er beugte sich über den Leichnam seines Bruders und schüttelte stumm den Kopf.

»Schauen Sie, Herr Major!«, rief ein weiterer Soldat, als von Schlier wieder auf der Straße war. Der Soldat hielt das abgetrennte Kabel in der Hand. »Das Leiterkabel einer elektrischen Zündanlage, so wie es aussieht. Und ich könnte wetten, dass dort vorn auf dem Straßenreinigungskarren die Bombe ist.«

»Das stimmt, Herr Major«, rief Hiebler dazwischen. »Auf dem Karren ist eine Reisetasche mit vielen Dynamitstangen. Ich habe es gerade selbst gesehen.«

»Und wer hat das Kabel durchtrennt?«, fragte von Schlier den Soldaten, ohne auf Hiebler zu reagieren.

»Das war der Herr hier«, erwiderte der Soldat und zeigte auf Hiebler. »Wir haben es alle gesehen. Er hat sich den Säbel des Gendarmen gegriffen und das Kabel durchtrennt.«

Von Schlier hielt einen Moment inne. Er dachte zurück, wie Christos die Zündanlage betätigt hatte, ohne dass es zu einer Explosion kam.

Dann ging er langsam auf Hiebler zu, der neben Deschel stand und immer noch dessen Säbel in der Hand hielt.

Er stellte sich direkt vor Hiebler, ließ die Hacken zusammenknallen und machte eine kurze Verbeugung. »Herr Assessor Hiebler«, sagte er leise. »Ich muss mich bei Ihnen entschuldigen. Ich habe Sie unterschätzt. So wie es aussieht, haben Sie unser aller Leben gerettet.«

Hiebler schluckte und nickte kurz. »Vielen Dank Herr Major, ich …«, begann er, als plötzlich mit einem lauten Krachen das Fenster der Kutsche geöffnet wurde. Die Pferde des Vierspänners zuckten kurz zusammen. Ein Mann mit langem grauen Bart und blauer Uniformjacke beugte sich aus der Luke.

»Meine Herren!«, rief der Prinzregent. »Kann uns denn jetzt bitte endlich einmal jemand sagen, was sich da draußen abspielt? Herr Major von Schlier? Was ist da los? Kommen S' doch mal her und berichten uns!«

Von Schlier eilte sofort pflichtbewusst zur Kutsche seines obersten Dienstherren. Erneut knallte er die Hacken zusammen und machte eine zackige Verbeugung vor dem Prinzregenten. »Es sollte ein abscheuliches terroristisches Attentat ausgeübt werden«, begann er. »Der Attentäter konnte eliminiert werden. Er plante, eine Bombe zu zünden, die dort vorne auf dem Karren versteckt ist.« Von Schlier zeigte auf den Karren vor der Residenzmauer.

Der Prinzregent folgte dem Fingerzeig und warf dabei einen kurzen Blick auf die anderen Soldaten, Deschel und Hiebler. »Und Sie, Herr Major, haben den Täter überwältigt, bevor er die Bombe zünden konnte? Ich habe den Schuss gehört. Hat uns allen hier einen gewaltigen Schrecken eingejagt. Hervorragende Arbeit, Herr Major, ich stehe tief in Ihrer Schuld.«

»Viele Dank, Majestät«, erwiderte von Schlier und verbeugte sich erneut. »Nur … nur … nur muss ich gestehen, dass die Bombe vorher von dem Herrn Assessor Hiebler entschärft wurde.«

Von Schlier sah jetzt auf Hiebler.

»Der junge Mann dort drüben mit dem Säbel in der Hand?«, fragte der Prinzregent.

»Jawohl, Majestät!«, erwiderte von Schlier.

Der Prinzregent streckte den rechten Arm aus dem Fenster und winkte Hiebler zu sich. Verwirrt gab Hiebler Deschel seinen Säbel zurück und eilte dann zur Kutsche.

»Majestät, untertänigst zu Euren Diensten«, sagte Hiebler schüchtern mit einer tiefen Verbeugung.
»Wie heißt er noch mal?«, fragte der Prinzregent.
»Hiebler, Georg Hiebler, Majestät!«
»Was macht er?«
»Ich bin Assessor im Innenministerium Eurer Majestät.«
»So, ein junger Assessor ist er? Im Innenministerium, beim Freiherrn von Feilitzsch? Und jetzt ist er hier in Würzburg, meiner Geburtsstadt?« Der Prinzregent musterte Hiebler vom Scheitel bis zur Sohle. Dann begann er zu lächeln. »Major von Schlier berichtet, dass wir dem Herrn Assessor zu großem Dank verpflichtet sind. Er scheint ein tüchtiger junger Mann zu sein. Es soll sich für ihn lohnen.«
Hiebler verbeugte sich erneut. Beschämt blickte er zu Boden.
»So und jetzt bitte zügig in die Residenz. Wir müssen uns alle etwas erholen«, sagte schließlich der Prinzregent in Richtung des Kutschers und schloss das Fenster.

Kapitel 17

D̲i̲e̲ ̲w̲e̲i̲t̲e̲r̲e̲n̲ ̲E̲r̲m̲i̲t̲t̲l̲u̲n̲g̲e̲n̲ zu dem geplanten Attentat konnten zügig abgeschlossen werden. Kramers Sohn im Kerker hatte nach einigen Tagen ein vollständiges Geständnis abgeliefert. Laut dessen Auskunft hatten die Münchner Anarchisten schon seit einigen Jahren den Kontakt zu Christos Krieger gepflegt. Von langer Hand war ein Attentat auf ein Mitglied der königlichen Familie geplant gewesen. Man wollte jedoch nicht die gleichen Fehler begehen, die zu den fehlgeschlagenen Anschlägen auf Kaiser Wilhelm geführt hatten. Zudem war es schwierig, in der bayerischen Landeshauptstadt überhaupt an Mitglieder des Hofes heranzukommen. Die Bewachung durch die Leibgarde ließ dies nicht zu. Christos Krieger schlug daher vor, Sprengstoff zu benutzen, auf kleinere Orte auszuweichen und den Prinzregenten oder ein anderes Mitglied der königlichen Familie bei einer der vielen Reisen anzugreifen. Ein wesentlicher Schritt zur Umsetzung des Plans war hierbei, dass es Ernst Kramer gelang, einen Informanten – einen Mitarbeiter des Hofbureaus – für die Sache zu gewinnen. Jetzt kannte man die Reisepläne der königlichen Familie. Der zweite Schritt war mit der Rekrutierung der Würzburger Anarchisten Hans Gesell junior und Severin Knoll gelungen. Dort, wo am wenigsten ein Attentat erwartet werden würde, im beschaulichen Würzburg, sollte die Bombe explodieren.

Mit dem Scheitern des Attentats im August waren nun alle Beteiligten gefasst oder eliminiert. Vater Gesell und der jüngere Bruder Ferdinand wurden zu 12 Monaten Kerkerhaft verurteilt. Nach Verhör der anderen Mitglieder des sozialistischen Arbeitervereins glaubte man ihnen, nicht an der Planung des Verbrechens beteiligt gewesen zu sein, sondern nur gegen das Sozialistengesetz verstoßen zu haben. Die Hinrichtung blieb ihnen somit erspart.

Nur Severin Knoll blieb weiter flüchtig. Er schien wie vom Erdboden verschwunden zu sein. Auch in anderen Landesteilen des Deutschen Reichs verlief die Fahndung erfolglos.

Deschel war mit sich zufrieden. Die Würzburger Gendarmerie hatte gute Arbeit geleistet. Er konnte nun wieder die Ruhe genießen, die er sich in seiner Stadt wünschte. So schnell der Spuk gekommen war, war er schon wieder vorbei gewesen.

Anders war es im Innenministerium. Hier herrschte noch über einige Wochen große Aufregung. Man war erschüttert, dass nur in quasi letzter Sekunde Hiebler eine Katastrophe hatte verhindern können. Weiterhin sorgte für Bestürzung, dass der Attentäter der Bruder eines Hauptmanns im eigenen Nachrichten-Bureau war. Kriegers Tätigkeit der letzten Jahre wurde mit Sorgfalt durchleuchtet. Man befürchtete, dass möglicherweise tiefere Verstrickungen zwischen Anarchistenkreisen und dem Ministerium bestünden. Am Ende der Ermittlungen konnte Iannis Krieger jedoch nichts vorgeworfen werden. Nur mit einem Anarchisten verwandt zu sein, machte ihn nicht schuldig.

Krieger quittierte dennoch den Dienst. Das Misstrauen, welches im entgegenschlug, war zu groß. Im Ministerium erschien er nicht mehr. Auch gab es keinerlei weiteren Kontakt zwischen ihm und Hiebler. Niemand wusste, wohin er verschwand. Gerüchteweise hatte er sich in seine Heimatstadt Bamberg zurückgezogen. Andere sprachen davon, dass er nach Griechenland oder in eine der deutschen Kolonien emigrierte.

Ende November, gut drei Monate nach dem Attentatsversuch, lud von Feilitzsch alle leitenden Mitarbeiter in den großen Besprechungssaal des Münchner Innenministeriums.

Wie er es gewohnt war, nahm Hiebler fünf Minuten vorher in der letzten Sitzreihe Platz. Drei Minuten später kam Göbele in den Raum und blickte sich unter den Anwesenden um. Als er Hiebler entdeckte, winkte er ihn zu sich.

»Seine Exzellenz, der Minister, möchte vorab mit Ihnen reden, Herr Assessor!«, rief er in den Raum.

Hiebler kämpfte sich an den bereits sitzenden Teilnehmern der Besprechung vorbei und folgte Göbele.

»Kommen Sie, Herr Assessor!«, sagte Göbele und führte ihn keuchend in den Flur. Er schloss die Tür zum Besprechungsraum. »Bitte warten Sie hier mit mir im Flur.«

Hiebler nickte. Göbele sah sich hektisch nach dem Minister um.

Weitere zwei Minuten später sahen beide von Feilitzsch den Flur entlang marschieren. Wie immer trug er sein Monokel. Unter den Arm hatte er eine Akte geklemmt. Trotz seines eher zierlichen Körperbaus strahlte er Autorität aus. Neben ihm ging der Staatssekretär Eberhardter. Der wesentlich größere Eberhardter hatte Mühe, mit von Feilitzsch Schritt zu halten. Als beide am Ende des Flurs angekommen waren, blieben sie kurz stehen. Hiebler machte eine Verbeugung.

»Herr Assessor Hiebler, schön, Sie zu sehen«, sagte von Feilitzsch regungslos. Eberhardter lächelte gönnerhaft. »Na, dann kommen Sie mal mit rein!«, fuhr er fort und öffnete die Tür.

Hiebler folgte den beiden in den Besprechungsraum. Beim Eintritt des Ministers standen alle Anwesenden auf und schlugen die Hacken aneinander.

»Setzen Sie sich!«, sagte der Minister und legte die Akte unter seinen Arm auf einen Tisch. Verwirrt ging Hiebler nach hinten, um ebenfalls wieder Platz zu nehmen.

»Warten Sie, Herr Hiebler!«, rief ihm Eberhardter hinterher.

»Wohin gehen Sie, Herr Assessor?«, fragte von Feilitzsch. »Ich lasse Sie doch nicht vorher rausrufen, damit Sie dann wieder in der letzten Reihe Platz nehmen.«

Im Raum begann ein Gemurmel und leises Kichern. Zögerlich kehrte Hiebler wieder um.

»Sie bleiben schön hier vorne bei uns«, sagte der Minister.

Eberhardter zog ihn lächelnd näher zu sich an seine Seite.

Von Feilitzsch blickte streng in die Gesichter der Anwesenden. Schlagartig herrschte Stille. »Meine Herren«, begann er schließlich mit seiner leisen und etwas rauen Stimme. »Wir haben in den letzten Wochen viel gelernt. Beginnend mit dieser unsäglichen Elefantenjagd ist das Königreich Bayern nur knapp an einer Katastrophe vorbeigeschlittert. Es wurde an den Fundamenten unserer Gesellschaft gerüttelt. Die Existenz des Staates war ernsthaft bedroht – größer als es der eine oder andere gegebenenfalls mitbekommen hat. Aber wir haben die Gefahr abwenden können – durch unseren Mut, unsere Beharrlichkeit und Intelligenz.«

Erneut ging ein Raunen durch den Raum. Eberhardter blickte gönnerhaft auf Hiebler.

»Aber wir haben nur eine Schlacht gewonnen, meine Herren. Der Krieg geht weiter. Es wäre ein Irrglaube zu denken, dass mit der Ausschaltung einer Handvoll Anarchisten sämtliches terroristisches Gedankengut für immer und ewig eliminiert ist. Nein, meine Herren, wir leben in einer seltsamen Zeit. Wir werden uns daran gewöhnen müssen, dass dies vielleicht erst der Anfang war.«

Von Feilitzsch machte eine kurze Pause und blickte in die Gesichter seiner Zuhörer. Es war jetzt mucksmäuschenstill.

Dann fuhr er fort: »Wir genießen und schätzen heute alle den Fortschritt technologischer Entwicklungen. In der Medizin werden revolutionäre neue Behandlungs- und Diagnosemethoden entdeckt, die viel Leid und Krankheit verhindern helfen. Wir benutzen die Elektrizität, entwickeln neue Maschinen und Waffen, überwinden Distanzen in einer Geschwindigkeit, die bis vor ein paar Jahren noch unvorstellbar gewesen wäre. Ja, meine Herren, die Welt dreht sich mittlerweile schneller. Aber all diese Entwicklungen bringen auch Gefahren mit sich. Für einige Wirrköpfe scheinen die technologischen Errungenschaften gleichzeitig auch zwangsläufig zur Notwendigkeit einer gesellschaftlichen Neuordnung zu führen. Dies ist ein Irrglaube! Dieser Gefahr sollten wir uns stellen. Sämtliche Aktivitäten mit dem Ziel, an den Säulen unseres politischen Systems zu rütteln, müssen wir im Keim ersticken. Tun wir das nicht, wird Chaos die Folge sein. Was Chaos bedeuten kann, haben wir ja erst kürzlich anlässlich der Elefantenkatastrophe erleben dürfen.«

Von Feilitzsch machte erneut eine Pause. Eberhardter nickte zustimmend.

Hiebler blickte verwirrt auf die vor ihm sitzenden Kollegen. Es war ihm unklar, warum ausgerechnet er die Rede des Ministers von hier aus verfolgen musste und sich nicht wie alle anderen an seinen angestammten Platz setzen durfte.

»So, nun aber genug zu den einführenden Worten, jetzt zu den Konsequenzen«, sagte der Minister und griff sich den Aktenordner, den er zuvor abgelegt hatte, und zog einen großen Umschlag mit dem Siegel des königlichen Hofes heraus.

»Ich habe hier eine durch das Kabinett der Regierung des Königreichs Bayern verabschiedeten Anordnung. Seine Königliche Hoheit, der Prinzregent, hat bereits sein Siegel daruntergesetzt. Ab 1. Januar 1889 wird das Nachrichten-Bureau zu einer offiziellen Abteilung des Innenministeriums. Ziel ist die Bekämpfung staatsfeindlicher Umtriebe im In- und Ausland. Das Bureau wird hierzu personell und strukturell erheblich ausgebaut. Die Leitung des Nachrichten-Bureaus obliegt ab dem 1. Januar dem hier neben mir stehenden Herrn Georg Hiebler.«

Der Minister blickte lächelnd auf Hiebler, der schlagartig errötete.

Jetzt wusste er, warum er vorne stehen bleiben sollte.

Initiiert von Eberhardter begannen nun alle Anwesenden, mit den Fingerknöcheln auf die Bänke zu klopfen.

»Meine Herren, ich bitte Sie daher, Herrn Hiebler zu unterstützen«, fuhr von Feilitzsch fort. »Der Herr Assessor hat Mut, Intelligenz und Beharrlichkeit gezeigt. All dies sind Eigenschaften, die Grundvoraussetzung für die erfolgreiche Leitung der genannten Abteilung sind. Zudem war es vor allem Herr Hiebler, der furchtlos und entschlossen ein Bombenattentat verhinderte. Es gebührt ihm hierfür unser aller Dank!«

Erneute dröhnte ein anerkennendes »Klack-klack-klack-klack« durch den Raum.

»Aber nicht nur wir möchten uns dankbar zeigen,

meine Herren! Ich habe hier noch ein zweites Schreiben mit dem Siegel des Prinzregenten.«

Geheimnisvoll zog der Minister einen weiteren Umschlag aus der Akte. Er öffnete das Kuvert und entnahm ihm ein Blatt Papier. »Meine Herren, ein weiteres Schreiben vom königlichen Hofe«, sagte er mit bedeutungsschwangerem Blick. »Eine Einladung zum Neujahrsempfang des Prinzregenten.« Er lächelte und blickte nun direkt auf Hiebler. »Lieber Herr Hiebler, Sie werden in Ihrer Post heute ein ähnliches Schreiben mit einer persönlichen Einladung unseres obersten Dienstherrn finden. Er wird Ihnen mitteilen, dass Sie ebenfalls zum Empfang eingeladen sind. Aber nicht nur das. Nein, aufgrund Ihrer Meriten wird Ihnen der Verdienstorden der Bayerischen Krone verliehen, mit dem Sie gleichzeitig den Adelsbrief erhalten.«

Ein Raunen ging jetzt durch die Reihen. »Wir werden daher im Januar als Abteilungsleiter für das Nachrichten-Bureau nicht mehr Herrn Hiebler, sondern Ritter von Hiebler begrüßen dürfen. Ich gratuliere Ihnen«, sagte der Minister und schüttelte Hiebler die Hand. Die Anwesenden im Raum standen auf und spendeten langanhaltenden Beifall.

Anschließend verließen alle nach und nach den Raum. Zunächst der Minister und sein Staatssekretär. Dann folgten die anderen Mitarbeiter des Ministeriums. Keiner wollte es versäumen, Hiebler persönlich zu gratulieren.

Am Ende stand Hiebler allein in dem großen Raum. Ungläubig schüttelte er den Kopf. »Ich habe es geschafft«, murmelte er schmunzelnd vor sich hin. »Abteilungsleiter mit 26 Jahren – und dann auch noch mit Adelstitel: Georg von Hiebler. Ich kann es immer noch nicht glauben.«

Langsam verließ er den Raum. Mit einem Grinsen im Gesicht ging er in seine Schreibstube im vierten Stock unterhalb des Dachs. »Lange werde ich hier nicht mehr arbeiten. Bald gibt es ein großes Zimmer mit Sekretär vor der Tür und meinem Namen am Türschild.«

Er setzte sich auf seinen Stuhl, lehnte sich zurück, starrte an die Decke und atmete tief ein und aus. »Georg von Hiebler«, murmelte er erneut.

Dann beugte er sich vor und sah auf seinen Schreibtisch. Als er im Besprechungsraum war, musste zwischenzeitlich der Bürobote mit der neuen Post gekommen sein. Hiebler nahm den Stapel und warf wie immer zunächst einen Blick auf die Absender, bevor er die Umschläge öffnete und die Briefe sortierte. Zwei Kuverts sahen anders aus. Das eine trug das Siegel des Hofes, das andere hatte eine Briefmarke, die Hiebler so noch nie gesehen hatte. Die Briefmarke war blau und zeigte das Profil einer Person, die ihm fremd war. Abgestempelt war die Marke mit »US Postage; 11/1888«.

Als Erstes öffnete er den Brief mit dem Wappen des Hofes. Es war die Einladung zum Neujahrsempfang des Prinzregenten, wie sie ihm von Feilitzsch bereits angekündigt hatte. Das Papier war dickes Büttenpapier. Der Prinzregent persönlich hatte unterzeichnet. Sorgfältig legte er das Schreiben auf seinen Schreibtisch. »Der Prinzregent lädt ein – lädt mich ein! Und zeichnet mich auch noch mit dem Verdienstorden aus!«

Stolz streckte er das Kinn nach vorne und zog sich den Kragen zurecht.

»Ritter Georg von Hiebler!«, flüsterte er sich selbst zu.

Dann griff er zum zweiten Briefumschlag. Er drehte das Kuvert um und las den Absender: »R. Knoll, Hoboken, NJ«.

Nachdenklich schob er die Unterlippe vor. Er öffnete das Kuvert und zog einen drei Seiten langen Brief hervor. Die kindlich-schnörkelige Schrift war Hiebler bekannt. Er begann zu lesen:

Lieber Georg!
Ich hoffe, dass dich dieser Brief erreicht. Außer dem Namen weiß ich ja nichts von dir, nur, dass du Assessor in einem Ministerium in München bist. Vielleicht willst du nach dem eher unschönen Abschied von mir Anfang August auch gar nichts mehr von mir wissen. Ich dachte mir nur, dass ich es dir schuldig bin mitzuteilen, dass ich in der Hoffnung bin. Unsere gemeinsame Nacht schien nicht ohne Folgen geblieben zu sein. Aber sei beruhigt, Georg, das Kind wird dich nicht

belasten, und ich werde auch keine Forderungen jeglicher Art gegen dich erheben – niemals nicht! Das kann ich dir versichern.

Du magst dich über meine neue Adresse wundern. Ja, es ist richtig, ich lebe jetzt in Amerika. Am 27. September sind wir in New York angekommen. Inzwischen leben wir in Hoboken, auf der anderen Seite des Hudson-Flusses. Es ist sicher nur eine vorübergehende Bleibe. Severin möchte, sobald das Geld reicht, in den Westen weiterziehen. Vielleicht nach Milwaukee an einen der großen Seen, wo auch viele Deutsche leben sollen. Oder nach Texas, da soll es schön warm sein.

Wir beide haben übrigens noch während der Überfahrt geheiratet. Ich heiße jetzt Knoll. Severin ist sicher nicht der Mann meiner Träume. Er ist nicht so fesch und schneidig wie du. Aber er liebt mich. Er ist ein guter Mann. Severin kümmert sich um mich und Erich. Und auch das in meinem Bauch heranwachsende Kind wird er als sein eigenes akzeptieren. Das hat er mir versprochen, und ich glaube ihm.

Auch wenn du wahrscheinlich anderer Meinung bist, für mich ist Severin kein Verbrecher. Er will nur in einer gerechten Welt leben. In einer Welt, wo der Mensch zählt und nicht die Herkunft oder der Stand. Ich bin mir daher sicher, dass er und auch ich die richtige Entscheidung getroffen haben auszusiedeln und in den Vereinigten Staa-

ten von Amerika ein neues Leben zu beginnen. Wir wollen in einer freien Welt leben. Außerdem: Was wäre mir denn sonst übrig geblieben? In Würzburg zu bleiben und dann in Hunger und Armut zu sterben?
Als Papa und Ferdi im Kerker landeten, ging alles sehr schnell. Wie das Schicksal eben manchmal so spielt. Ich bekam am gleichen Nachmittag, nachdem ich dich im Rathaus besucht hatte, ein Telegramm. Es war von Severin. Er wollte, dass ich mit ihm nach Amerika übersiedeln sollte. Er hatte genügend Geld für die Überfahrt für uns beide angespart und würde auf mich in Hamburg warten.
Nach den schlimmen Erlebnissen und Hansis Tod musste ich nicht lange nachdenken. Alles war so hoffnungslos und traurig. Also habe ich unsere notwendigsten Sachen gepackt, mich von Mama verabschiedet und mir von den 20 Mark, die ich von dir bekommen hatte, eine Fahrkarte nach Hamburg für mich und Erich gekauft. Dort, in der Auswanderhalle einer Reederei, traf ich Severin. Wir mussten zwei Wochen in einer stickigen und vollen Notunterkunft hausen. Menschen aus aller Herren Länder waren dort. Litauer, Polen, Russen und natürlich auch Deutsche aus anderen Landesteilen des Reichs.
Dann begann die Überfahrt auf einem riesigen Dampfer. Die Passage dauerte zwei Wochen.

*Wir hausten in einem Zwischendeck ohne Fenster. Es war eng, nass und roch fürchterlich nach Erbrochenem. Einmal am Tag durften wir für eine halbe Stunde an Deck, um uns die Beine zu vertreten und frische Luft zu schnappen. Die Reise war schlimm, aber die Tage bis zur Ankunft in New York waren absehbar.
Schließlich erreichten wir die Neue Welt. Als Erstes sahen wir die Freiheitsstatue – ein gigantisches Bauwerk, das uns allen viel Hoffnung und Zuversicht gab. Dann legten wir an. Am Hafen wurde jeder medizinisch untersucht. Name, Geburtsdatum und Herkunft wurden registriert. Und jetzt sind wir hier, in einem Land mit fremden Sitten und einer fremden Sprache.
Severin hat angefangen, in einer deutschen Bäckerei zu arbeiten. Sein Traum ist es aber, als Journalist tätig zu sein. Ich selbst lerne fleißig Englisch und helfe in einem Gemischtwarenladen mit. Die Besitzer, polnische Juden, sind sehr nett, sprechen etwas Deutsch und haben kein Problem damit, wenn ich Erich mit in die Arbeit nehme.
So machen wir nun unseren Weg in der Fremde. Du, lieber Georg, wirst ihn in der Heimat machen. Du bist jung, klug und ehrgeizig. Wer sollte dich bremsen? Du wirst bald eine Frau finden, die nicht wie ich eine Dienstmagd aus der Pleich ist, sondern deinem Stand entspricht*

oder dich sogar in noch erlauchtere Kreise bringen wird. Da bin ich mir sicher.
Wie bereits erwähnt, sieh den Brief daher einfach als Lebenszeichen von mir an. Ich bin hier, und du bist in der fernen Heimat. Aber wer weiß, vielleicht laufen wir uns ja doch noch mal über den Weg. Die Welt ist kleiner geworden. Es gibt inzwischen Fernsprecher, Telegramme, schnelle Dampfer und wer weiß, was noch bald alles kommen wird.
Somit wünsche ich dir alles Gute.
Herzlichst
Deine
Rosa

Nach dem Lesen legte Hiebler Rosas Brief neben das Einladungsschreiben des Prinzregenten. Er blickte auf die beiden so unterschiedlichen Schriftstücke und dachte nach: Rosa schwanger? In Amerika? Zusammen mit Knoll?

Hiebler lächelte. Er nahm Rosas Brief, roch daran und strich mit dem Daumen sanft über die in schnörkeliger Kinderschrift geschriebenen Worte. Vielleicht war es gut so. Mehr als eine Affäre wäre nicht daraus geworden und ein uneheliches Kind hätte die Sache auch nicht leichter gemacht. Für beide nicht, für Rosa und für ihn selbst.

Schließlich nahm er Rosas Brief, zerknüllte ihn und warf ihn in den Müll. Die Einladung des Hofes legte er sorgfältig zur Seite und begann anschließend die verbliebene Korrespondenz zu öffnen.

»Ritter Georg von Hiebler, Abteilungsleiter des Nachrichten-Bureaus. Hört sich gut an«, murmelte er leise vor sich hin und begann zu arbeiten.

ENDE

Anmerkungen des Autors

Der Aufhänger des zweiten Georg-Hiebler-Romans, die Münchner Elefantenkatastrophe am 31. Juli 1888 fand tatsächlich statt. Ein derartiges Ereignis kann man sich wahrscheinlich auch gar nicht ausdenken, so surreal waren doch die tatsächlichen Abläufe.

Und: Der Prinzregent Luitpold hatte am 17. September 1888 Aschaffenburg besucht. Dass er zuvor auf dem Weg nach Bad Kissingen in Würzburg Station gemacht hat, und dort nur knapp einem Attentat entgangen ist, ist hingegen nicht überliefert. Sicher ist, dass Georg Hieblers Heldentat genau wie die Figur selbst Hirngespinste des Autors sind.

Eindeutig historisch belegt ist wiederum die drohende Gefahr des Anarchismus auf die herrschende Klasse zur damaligen Zeit. So war Wilhelm I. insgesamt viermal das Ziel von Attentaten. Der Anarchismus war also nicht nur eine Ideologie oder politische Gesinnung, sondern auch eine Form der gewaltbereiten Agitation gegen das System, ähnlich wie der politische Terrorismus des späten 20. Jahrhunderts.

Somit bin ich auch schon bei den Gegensätzen, die nicht nur die Geschichte im Allgemeinen, sondern auch diese Geschichte im Speziellen interessant machen: Auf der einen Seite die neue Welt der Wissenschaft und des Fortschritts, archaische Herrschaftsformen auf der anderen Seite. Prunk und Reichtum der Herrscher versus bittere Armut, Hunger und Not der Tagelöhner. Hieblers München und Deschels Würzburg, Iannis versus Christos Krieger, Rosa oder Karriere, …

Mischt man also Geschichte mit (erfundenen) Geschichten ist noch reichlich Stoff für weitere Romane vorhanden. Den Lesern, die Gefallen an den ersten beiden Büchern gefunden haben, kann ich daher mitteilen: Ja, es geht weiter! Nachdem Georg Hiebler geadelt wurde und beruflich aufgestiegen ist, wird er sich nun im nächsten Teil intensiver um Mitglieder des Bayerischen Königshauses kümmern. Mehr wird aber nicht verraten.

Zum Abschluss möchte ich es nicht versäumen, mich bei meinen treuen Testlesern Hermine, Eva und Günter zu bedanken. Dank auch an Helmuth Ziegler (mein lokaler Würzburg-Experte) für die kritische Durchsicht, Überarbeitung und erneute Hilfe bei der Recherche, sowie – last not least – großen Dank an das Team des Gmeiner Verlags und hier vor allem an Claudia Senghaas für das Lektorat und den immer netten, offenen und überaus fruchtbaren Austausch.

Würzburg, 2022
Alexander Meining

*Weitere Titel finden Sie auf den
folgenden Seiten und im Internet:*

WWW.GMEINER-VERLAG.DE

Alexander Meining
Mord im Ringpark
Kriminalroman
216 Seiten, 12,5 x 20,5 cm,
Broschur
ISBN 978-3-8392-0284-5

Würzburg 1887/1888. Der schwedische Gartenarchitekt Jöns Lindahl wird erschossen im Ringpark aufgefunden. Alles spricht für einen Selbstmord. Doch Georg Hiebler, Beamter im Königlich Bayerischen Innenministerium, glaubt nicht daran. Stur, ehrgeizig und rastlos beginnt er zu ermitteln. Auf die Unterstützung der Gendarmerie kann er nicht zählen, beginnt doch in wenigen Tagen der Faschingsumzug. Eine Spur führt Hiebler zu den Theosophen, einer Gruppe Esoteriker. Doch am Ende kommt alles anders …

SPANNUNG

GMEINER

WWW.GMEINER-VERLAG.DE
Wir machen's spannend

Daniel Verano
Canaria Criminal
Kriminalroman
256 Seiten, 12,5 x 20,5 cm,
Paperback
ISBN 978-3-8392-0459-7

Im Wahlkampf springt der polarisierende Politiker Francisco Fraude mit dem Fallschirm über Gran Canaria ab. Felix Faber, deutscher Auswanderer und Journalist auf der Insel, beobachtet den Sprung von seinem Bungalow aus. Es geschieht das Unvorstellbare, vor laufender Kamera schlägt Fraude auf einem Felsen auf und ist tot. Faber beginnt zu recherchieren und kreuzt dabei den Weg der taffen Ermittlerin Ana Montero. Zusammen decken sie nach und nach eine Verschwörung auf.

GMEINER SPANNUNG

WWW.GMEINER-VERLAG.DE
Wir machen's spannend